3. ergänzte Auflage

Landtwing Verlag GmbH
6319 Allenwinden
Sitz: Baar

ISBN 978-3-03808-042-8

F.CK YOU CORONA

Herausgegeben von
Ursula Landtwing
und Robert Jakob

Mit Beiträgen von
Regula Aeppli, Benno Brum, Carmen Brun, Helmuth Fuchs,
Lars Jaeger, Alice Jakob, Robert Jakob, Patrick Müller,
Maja Schweizer, Lina Späni, Jörg Uttinger, Paul Robert Vogt,
Ursula Voneschen,

Landtwing Verlag

F.CK YOU

CORONA

INHALT

ERGÄNZUNG IN DER 3. AUFLAGE:

ZEICHNUNGEN

VORWORT

Das vorliegende Buch ist eine Teamarbeit zwischen Autoren, Freunden und Kunden des Landtwing Verlages. Ich danke allen, die daran gearbeitet haben. Der Mit-Herausgeber, Robert Jakob, trägt mit seinen drei unkonventionellen Beiträgen massgeblich zum Erfolg dieses Buches bei. Zudem konnte er aus seinem breiten Bekanntenkreis namhafte Sachverständige gewinnen, dieses Projekt mitzugestalten.

Die Idee, ein Buch in einer Teamarbeit zu erarbeiten, ein Thema von verschiedenen Seiten zu betrachten und laufend neue Aspekte einzubringen, ist eine faszinierende Unternehmung.

Ich danke allen für den Mut, sich an diesem Projekt zu beteiligen.

In Kürze wird auf der Website www.landtwingverlag.ch ein Blog aufgeschaltet, wo weitere Beiträge zum Lesen bereit stehen. Dieser Blog kann jederzeit erweitert werden für alle, die gerne dabei sind.

Im Inhaltsverzeichnis sehen Sie die Namen der Autoren. Vor den jeweiligen Beiträgen lesen Sie den Kurzlebenslauf der einzelnen Autoren.

Ursula Landtwing

ZEICHNUNG VON JÖRG UTTINGER:

Was macht man in einer so schwierigen Zeit mit einer Klarinette?

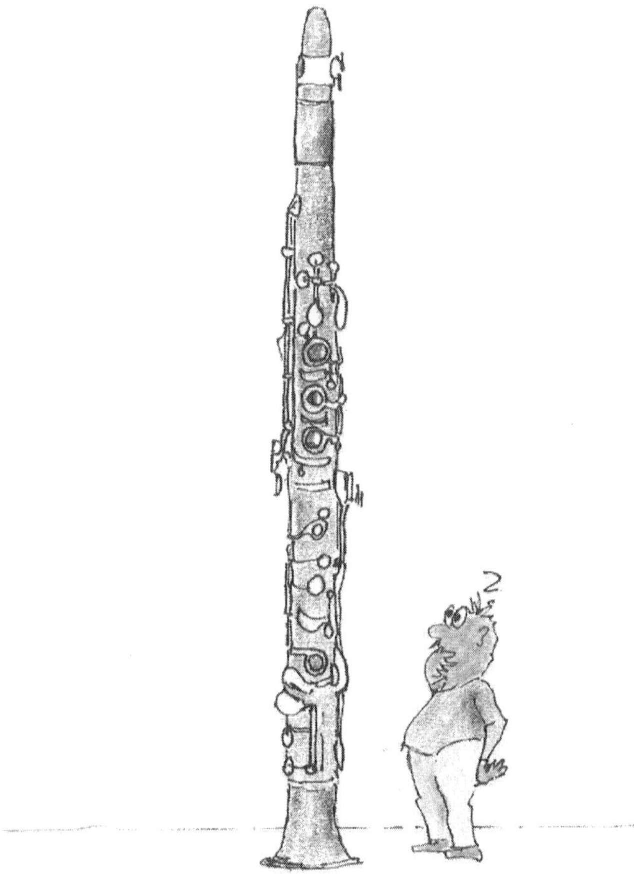

Viren verjagen?
Vielleicht.

ROBERT JAKOB

Robert Jakob, Dr. rer. nat., Jahrgang 1957, wohnt in Unterägeri und hat Physik, Chemie, Volkswirtschaft und Kommunikationswissenschaften in Berlin, Wien und Stuttgart-Hohenheim studiert und jahrelang in verschiedenen staatlichen und industriellen Forschungsabteilungen als Immunologe und Mikrobiologe gearbeitet. Als „Buchmacher“ betätigt er sich gerne als Brückenbauer, der die Menschen zum Nachdenken und Schmunzeln bringt, sei es als Autor, Dozent oder Moderator. Seine Publikationstätigkeit reicht von Biochemie, über die Börse bis zur Belletristik.

CORONA CACOPHONIA

Am meisten hat mich das Gerülpse in den Medien rund um das Virus genervt. An manchen Tagen drehte sich fast alles um das kugelförmige Ding mit den Stacheln. Für Monate hat es sogar die Klimadebatte verdrängt. Das ist sein gutes Recht. Schliesslich hat das Virus unser aller Leben erst einmal ordentlich auf den Kopf gestellt. Oder besser: Uns wurde ein Maulkorb in Form einer Maske verpasst.

Ja, die Geschichte mit der Maske. Meiner Schwester hatte ich zum Kauf geraten, als WHO, RKI und BAG vom Tragen derselben abrieten. Dabei war doch eigentlich glasklar, dass man mit der Maske, andere, aber auch sich selbst, schützen kann. Auch wenn die Handhabung von Schutzmasken für einige, vor allem

Politiker, die ja gerne den Mund voll nehmen, schwierig sein mag, und der Schutz nie vollständig sein kann. Sogar nicht mal mit FFP-Masken. Aber etwas Schutz, respektive je nach Maske einiges an Schutz, ist besser als nichts.

Das Abwiegeln der Gesundheitsbehörden in der Maskenfrage war ein schwerer Fehler, denn dadurch haben viele Menschen das Vertrauen in die Kommunikation verloren. Behördenmassnahmen wurden auf einmal stärker hinterfragt. Wem kann man noch trauen? Erst Kleinreden, dann gross machen, dann wieder Kleinreden und schliesslich nach den Ferien wieder das Maskenaufsetzen fast zur allein seligmachenden Methode verklären. Das hat viele verwirrt. Dadurch bekamen auch und gerade die Verschwörungstheoretiker Oberwasser. Über soziale Medien verbreiten sich deren Inhalte genau wie das Virus exponentiell. Und dadurch wird dann schnell alles in einen Topf geworfen. Die Maske ist eine Krücke, die hilft, aber es gibt viel wichtigere Vorsichtsmassnahmen.

COVID-19 IST KEINE GRIPPE

Am meisten haben mich die „Verharmloser“ aufgeregt. Dabei ist der Sachverhalt denkbar einfach. SARS-CoV-2 ist gefährlicher als ein durchschnittliches Influenza-Virus, und SARS-CoV-2 ist ansteckender. Die beiden Effekte multiplizieren sich. Deshalb haben wir jetzt den Salat. Erst in Italien und nach und nach in anderen schwer betroffenen Ländern lässt sich auch rein mathematisch eine Übersterblichkeit älterer Semester im

Vergleich zu Grippewellen ausrechnen. In fast allen Ländern kam es zu Beginn des Frühjahrs, als die Coronapandemie dem ersten Höhepunkt zusteuerte, zu einer generellen Übersterblichkeit im Vergleich zu früheren Jahren.

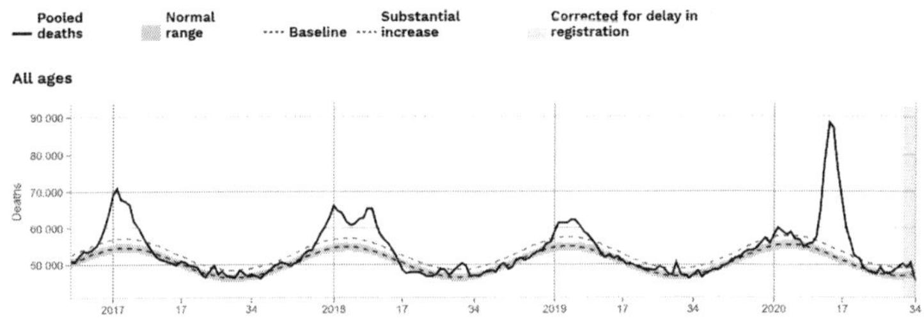

24 Europäische Länder und Regionen zeigen gesamthaft während der letzten Jahreswechsel (2017, 2018 und 2019) eine Übersterblichkeit. Die Grippe war 2020 kein Problem. Stattdessen kam mit etwas Verspätung im Februar das Coronavirus (Quelle: Euromomo). X-Achse: Kalenderwoche. Y-Achse: Anzahl Tote.

SARS-CoV und MERS-CoV, die beiden Vorgänger-Coronaviren, waren gefährlicher, aber weniger ansteckend als SARS-CoV-2. An SARS-CoV1, das 2002/2003 „wütete“, infizierten sich nur 8000 Menschen. 800 davon starben. Diese fallspezifische Todesrate von 10 Prozent wird bei SARS-CoV-2 am Ende insgesamt um den Faktor 10 tiefer liegen. In Ländern mit schlechtem Gesundheitssystem deutlich über ein Prozent und in Ländern mit gut funktionierender Krankenversorgung unter ein Prozent.

Solche klaren Berechnungen und Einordnungen werden vermisst. Das liegt nicht einmal allein an den Medien. Natürlich werden Bild oder Blick reisserisch auftreten, wie man es für eine Boulevardzeitung nicht anders erwartet. Und sie werden den Teufel in Form von Massensterben an die Wand malen, immer die rekordhohen Klickraten und endlich wieder ganz kurzfristig steigenden Abonnementzahlen im Auge, bevor sie sich auf die Coronakrise berufen und ihre Mitarbeiter entlassen, um die Chefgehälter zu rechtfertigen.

Leider ist nur jeder zwanzigste Medienbeitrag einordnend, will heissen: er posaunt nicht nur plakativ ein paar isolierte Daten heraus, sondern interpretiert diese auch und beleuchtet sie kritisch aus verschiedenen Blickwinkeln. Dieses Manko ist während der Coronakrise auffällig. Den Redaktionsmitgliedern wird von den Verlegern nicht genug Zeit für grundlegende Recherchearbeit eingeräumt. Fakten werden oft zwar korrekt, aber ohne Zuordnung in lauten und überfüllten Newsrooms aggregiert und rausgehauen.

Von der Virenschleuder „integrierter Newsroom“ hat sich die Arbeit der Journalistinnen und Journalisten zwar jetzt vorübergehend ins „Homeoffice“ verlagert, was viel gesünder in jeder Beziehung, auch schon vor Corona, war und ist.

Aber der Zeitdruck hat nicht abgenommen, da das Nachrichtenaufkommen exponentiell zugenommen hat. Die Reproduktionszahl von Nachrichten hat ähnlich wie die des Virus’ zugelegt. Vor dem Hintergrund der täglichen Datenflut war die Arbeit der klassischen Medien Zeitung, Hörfunk, Fernsehen gar nicht mal so schlecht. Ein breites Spektrum von Themen aus Medizin, Politik oder Wirtschaft wurde abdeckt, und Experten, wenn auch häufig immer dieselben, kamen zu Wort.

DEN NEBELSCHEINWERFER ANSCHALTEN

Nur beim Umgang mit Zahlen und Statistiken haperte es. Erst spät haben einzelne Medien wie der Tagesanzeiger eine Kehrtwende vollzogen und statt alarmistischer Zahlen täglich neu positiv Getesteter endlich auch weiter gehende Zusammenhänge, wie die Anzahl der Tests, die Anzahl der Hospitalisierten oder die Berechnung der Reproduktionszahl im Zeitverlauf gebracht. Vorher konnte man glauben, es ginge nur darum, irgendeiner Guinessbuchrekord-Zahl nachzujagen. Infektions- und Todesraten machten zu Beginn der Krise rund ein Viertel aller Nachrichten aus. Später wurde das Themenspektrum der News etwas breiter, aber leider häufiger mit medizinischen Fehlinterpretationen garniert. Positive PCR-Tests bei Menschen, die bereits eine SARS-CoV2-Infektion überstandenen hatten, wurden fälschlicherweise als Neuinfektion medial verbraten.

Was das Datenchaos anbelangt, waren die Medien in bester Gesellschaft. Das BAG beispielsweise blamierte sich rund um den Nationalfeiertag mit einer Schnellschuss-Corona-Analyse, die nur so von Interpretationsfehlern strotzte. Eine absolut nicht repräsentative Stichprobe wurde zur Aussage verdichtet, dass sich die meisten Menschen in Clubs und Diskotheken ansteckten, um dann durch die korrigierte Aussage ersetzt zu werden, dass die meisten Ansteckungen in der Familie stattfänden. Letzteres ist aber eine banale Nullnummer, denn Familienmitglieder haben sich zwingend vorgängig ausserhalb der Familie angesteckt.

Ende Juni 2020 wurde die Anzahl der täglichen Coronatests in der Schweiz von 4000 auf 10000 pro Tag erhöht. Natürlich stieg dadurch auch die Anzahl Tests mit einem positiven Ergebnis. Statt dies vorgängig bei Publikation der Neuansteckungen mitzuteilen, schwieg sich das BAG zunächst aus und trug damit zu überflüssiger Panikmache bei.

In demokratischen Ländern werden solche bösen Ausrutscher schnell korrigiert. Nicht ohne Schadenfreude stürzten sich die Medien auf die katastrophale Behördenkommunikation made by BAG. Mit Sang-Il Kim, der für die digitale Transformation zuständig ist, sitzt nur ein einziger ausgebildeter Mediziner im elfköpfigen Führungsorgan des Bundesamtes für Gesundheit, wie der Blick genüsslich und vollkommen zu Recht am 18. August 2020 analysierte.

Der Bundesrat und andere Autoritäten haben es nicht leicht, die Schweiz durch die Krise zu führen. Zu neu war und ist die Situation, zu verschieden die unterschiedlichen Interessen von Wirtschaft, Gesellschaft, Politik und Gesundheitswesen. Aber im Grossen und Ganzen stand die Schweiz im internationalen Corona-Vergleich gut da. Vor allem, wenn man bedenkt, dass mit Basel (Region Grand Est, als besonders hart von Corona betroffene französische Region), Genf (Frankreich) und dem Tessin (Norditalien) Einfallstore für die Corona-Hotspots bestanden.

Klar: Die grossflächigen Baustellen- und Fabrikschliessungen waren unnötig. Im Gegensatz zu Après-Ski-Bars sind selbst Fabrikhallen nicht zwingend Virenschleudern. In weitläufigen Räumen und Höfen ist es immer möglich, einem potenziellen Virenträger aus dem Weg zu gehen. Ausserdem braucht es unabdingbar die Infrastrukturprodukte aus den Industriebetrieben, um die Versorgung der Bevölkerung mit Lebensmitteln abzusichern. Ein Minimum an funktionierender Wirtschaft ist für den Betrieb des Staates lebensnotwendig. Insofern war die Forderung der Unia-Präsidentin Vania Alleva nach einem kompletten Shut-down aller Betriebe so hirnlos wie das Virus selbst. Der Bundesrat hat im Grossen und Ganzen Augenmass bewiesen. Auf eine strikte Ausgangssperre hat er verzichtet. In Ländern, die darauf setzten, wie Frankreich oder Spanien, kam es nach Lockerung der strengen Beschränkungen zu Gegenreaktionen der unvorsichtigen Art. Es wurden Haus- und Strandpartys gefeiert, als wäre das Virus bereits Vergangenheit. Der Lagerkoller sollte vertrieben werden, was verständlich ist, aber das Virus kam dadurch wieder kräftig zurück. In der Schweiz verlief daher die Neu-Infektionskurve flacher.

DEUTUNGSHOHEIT BEI PSEUDOEXPERTEN?

Die meisten Medien schrieben zumeist systemkonform. Vor allem zu Beginn der Coronapandemie hielten sie die Fahne der politischen Entscheidungsträger hoch. Je länger der Ausnahmezustand dauerte, desto häufiger jedoch wurde aus Bequemlichkeit auch Verschwörungstheoretikern eine Plattform geboten. Im Sinne der Meinungsvielfalt ist das okay. Im Gegensatz zu den sozialen Medien, wo auch Spinner sich austoben können, und das auch dürfen, und zwar solange sie keine Gesetze verletzen, ist es die Aufgabe der unabhängigen Presse, Fakten zu finden, diese in einen Kontext zu stellen und damit Einordnung zu ermöglichen. Dadurch schaffen sie Überblick über die unterschiedlichen Meinungen und Ansichten, selbst wenn die persönliche Meinung des Schreibenden noch immer durchscheint. Dort jedoch, wo sich selbsternannte und selbstgefällige „Leader" eines ausufernd korrumpierten Medienapparats bedienen konnten, wurde dieses Ziel am deutlichsten verfehlt.

In den USA, Brasilien, Indien, Türkei oder Russland wurde verschleiert und verschwiegen was das Zeug hält und Prävention durch PR für das Ego der Staats- oder Regierungschefs ersetzt. In Brasilien orchestrierte Carlos Bolsonaro, zweitältester Sohn des „Trumpinho", des kleinen Trump aus Südamerika, Social-Media-Kampagnen für seinen Vater mittels gedungener Blogger. Der grosse Trump wiederum kann mit Fox News auf einen erzkonservativen Nachrichtensender zählen, der ihm so gut wie bedingungslos den Steigbügel hält, um seine Lügengeschichten zu verbreiten. D. Trump verlangt schon mal persönlich die Absetzung missliebiger JournalistInnen bei seinem Haussender. Eine rationale Ebene der Auseinandersetzung, zu deren Standards sich dann auch jeder persönlich stellen kann, gibt es ausgerechnet in allen grossen Ländern der Welt nicht oder nur sehr beschränkt, wodurch katastrophale Fehlentscheidungen Menschenleben en masse kosteten.

Die Schlafmützigkeit der Trump Administration hat weit über 100 000 US-Amerikanern das Leben gekostet, weil für den Präsidenten und seine Entourage nicht wahr sein durfte, was ins Selbstbild des unangreifbaren Grössenwahns passte. Die klar sich abzeichnende Epidemie im eigenen Lande wurde totgeschwiegen, bis sie nicht mehr zu leugnen war, und in all der Zeit bis zum Offenbarungseid wurden so gut wie keine Eindämmungsmassnahmen getroffen. Ab März 2020, als die USA ebenfalls vom Coronavirus heimgesucht wurde, kam es zu jener medizinisch nachweisbaren eindeutigen Übersterblichkeit von weit über 100 000 Toten.

Sars-CoV-19 ist neu, und nicht nur die Politik, sondern auch die Wissenschaft mussten sich erst Stück für Stück mit ihm und der neuen Bedrohung vertraut machen. Unabsichtliche Falschannahmen und Fehleinschätzungen, die wenig später wieder korrigiert werden müssen, weil sie von neuen empirischen Erkenntnissen überholt wurden, sind dann eher die Regel, nicht die Ausnahme. Und darum nicht automatisch ein Zeichen mutwilliger Verführung oder gar Betrugs.

Wer aber die wissenschaftlichen Fakten ablehnt, weil es in Zeiten des Internets für jede Behauptung eine Gegenbehauptung gibt und damit jede Erkenntnis schon im Moment ihrer Veröffentlichung von selbsternannten Experten in irgendeinem Forum oder Kanal widerlegt wird, der kann auch abschalten. Er braucht nämlich an gar nichts mehr zu glauben, da alles relativierbar ist. Das ist das Trump-Niveau: Ich ziehe irgendwo ohne jeden Zusammenhang ein Faktum oder gar nur eine Meinungsäusserung aus dem Hut und erkläre es zum starken Argument. Es kommt dann gar nicht mal auf die Wahrheit an, sondern nur auf die Wunschposition, die ich dann als allein seligmachende in den Raum stelle und von meinen korrumpierten Mediendarstellern verbreiten lasse. Ich kann ein Idiot und Egoman sein wie Trump, aber wenn ich nur laut genug brülle, glauben mir meine Anhänger. Despoten, Autokraten, aber auch demokratisch gewählte, mit Notrecht oder mittels präsidialer Anweisungen am Parlament vorbeiregierende Politiker setzten so ungehindert ihr Narrativ durch. In der Coronakrise musste weit über die Hälfte der Menschheit das erdulden.

CRISIS, WHAT CRISIS?

Mittlerweile hat die Welt Hunderttausende selbsternannte Gesundheitsexperten, davon Tausende Journalisten. Einige Psychologen nennen das den Dunning-Kruger-Effekt: Man überschätzt seine Anfänger-Kenntnisse. Man saugt ein wenig aus der spannenden und daher verlockenden epidemiologischen Informationsmasse auf, denkt und spekuliert mit, und schon hält man sich für einen Experten.

Die medial aufgeblasene Jahrhundertkrise wird nicht so schlimm kommen, wie die spanische Grippe nach dem ersten Weltkrieg. Der Erreger war im Übrigen höchstwahrscheinlich aus einer US-amerikanischen Militärkantine entsprungen. Als erster Patient wird oft Albert Gitchell bezeichnet, Koch im Army-Stützpunkt Fort Riley in Kansas. Er hatte sich am 4. März 1918 mit Fieber krank gemeldet. Binnen weniger Tage erkrankten in diesem Militärlager über 500 Mann. Die Schuldzuweisungen der Trump Administration an China zeugen daher von mangelndem Geschichtsbewusstsein.

Die Globalisierung mit ihrem freien Waren- und vor allem Personenverkehr, die wachsende Weltbevölkerung, neue Viren und Mutagene, resistente Bakterien, ein übermässiger Antibiotika-Einsatz sind einige der Faktoren, die auch in Zukunft unweigerlich neue ansteckende Krankheiten begünstigen. Damit müssen wir umgehen lernen, ohne gleich die Rechte des Volkes und der Parlamente auszuhebeln. Wenn wir das nicht schaffen, werden nur noch Diktaturen wie China und Russland oder diktaturähnliche Regierungsformen (wie die USA oder Brasilien in ihrem jetzigen unrühmlichen Zustand) eine Zukunft haben.

Die Bekämpfung des Coronavirus ist primär eine Gesundheitsaufgabe mit sekundärem gesundheitsökonomischem Rahmen. Da ein Menschenleben keinen unendlichen Grenznutzen hat, stellt sich stets die Frage, was überhaupt machbar ist. Ab Alter 65 steigt das Gesundheitsrisiko exponentiell. Der vernünftigste Ansatz ist sicherlich der gezielte schwerpunktmässige Schutz der älteren Bevölkerung. Auch hierzu können Experten wie Epidemiologen, Virologen, Mediziner den Entscheidern aus Politik, Jurisprudenz und Verwaltung beistehen, um die Auswirkungen auf die Gesundheit zu analysieren und Massnahmen zu definieren, welche das Wohlergehen der gesamten Bevölkerung absichern um das Gesundheitssystem vor einer Überlastung zu schützen. Fast alle Erkrankungen erfolgen in grossen Firmen und Institutionen, bei Gruppen- und Massenveranstaltungen und bei Reiseaktivitäten.

Darum sind die Strategien gegen das Virus einfach: Abstand und Hygiene kommen an erster Stelle. Die Vermeidung von grossen Menschenmengen versteht sich in diesem Zusammenhang von selbst, und das Tragen einer Maske kann hilfreich sein, ist aber bei weitem kein Allheilmittel.

Aus meinem DADA-Handbuch: „Ich gehe nur mit Sandalen oder barfuss auf Bergtouren.... Bergschuhe geben nämlich keinen hundertprozentigen Schutz gegen Unfälle.. also ziehe ich diese auch nicht an..."

CARMEN BRUN

Geboren wurde ich während des Krieges in Berlin. Meine ersten Erinnerungen reichen zurück in die Nachkriegszeit: Ruinen, Steine klopfende Trümmerfrauen und die ständigen Bemühungen meiner Mutter, etwas Essbares für uns aufzutreiben. Wir hatten wie viele andere Menschen alles verloren. Aber ich vermisste nichts, da ich noch kein anderes Leben kannte. Von Jahr zu Jahr verbesserte sich die Situation. Ich bin sehr dankbar, dass ich in dieser Zeit des Wiederaufbaus, des wirtschaftlichen Aufschwungs und der Normalisierung aufwachsen durfte. Normalisierung? Gut erinnern kann ich mich an die Teilung der Stadt in Ost- und Westberlin, an die Blockade und die Luftbrücke, an die vielen Flüchtlinge und an Kontrollen und Schikanen an der Sektorengrenze, wenn wir unsere Verwandten in Ostberlin besuchten oder durch die Sowjetzone nach Westdeutschland reisten. Am einschneidendsten war für mich der Mauerbau.

Trotz aller Einschränkungen empfinde ich im Rückblick meine Kindheit und Jugend positiv, auch als ein Stück erlebte Zeitgeschichte.

Nach dem Kartografie-Studium arbeitete ich zunächst zwei Jahre in Bonn und fand dann eine Stelle am Geografischen Institut der Universität Basel. Meine Arbeit mit thematischen Karten und die Gespräche mit Kollegen weckten schnell mein Interesse am Schweizerdeutsch, an der Kultur, der Geschichte, dem politischen System und der Lebensweise in der Schweiz. Bald lernte ich meinen Mann kennen, der im Kanton Uri aufgewachsen war. In seinem Verwandten- und Freundeskreis wurde ich sehr gut aufgenommen. Berg- und Skitouren sowie die Suche nach Mineralien genoss ich als ehemalige „Flachländerin" ganz besonders.

Als wir 1970 nach Zug zogen, begann mein zweites Leben. Hier wuchsen unsere beiden Töchter auf, hier fühle ich mich wohl. Zug ist im Laufe dieser fünf Jahrzehnte zu meiner zweiten Heimat geworden.

Im See-Club Zug konnte ich mehrere tausend Kilometer rudern, wir hatten einen Familiengarten, und von zu Hause aus konnte ich in meinem Beruf weiterarbeiten. Als jedoch infolge des Technologiewandels die Aufträge ausblieben, begann ich im Alter von 50 Jahren ein Geografie-Studium an der Universität Zürich. Danach arbeitete ich an wissenschaftlichen Projekten mit und konnte so mein Wissen aus beiden Berufen nutzen. Nach meiner Pensionierung blieb mir mehr Zeit für Hobbies und die ehrenamtliche Tätigkeit in Vereinen und in der Schule, zum Beispiel in dem Projekt „Generationen im Klassenzimmer", bis ...... ja bis, die Corona-Pandemie leider meine Aktivitäten einschränkte.

PANDEMIE-GEDANKEN WANDERN DURCH ZEIT UND RAUM

LEBENSGEFAHR?

Das neue, noch wenig erforschte Virus hatte auch die Schweiz erreicht. Besonders ältere Menschen seien gefährdet, hiess es in den Nachrichten. Jetzt gehörte ich plötzlich zur Risikogruppe, obwohl ich mich noch recht fit fühle. Das Virus schien überall auf seine Opfer zu lauern. Im Bus, beim Einkaufen, am Bargeld, an der Haustür, auf dem Zeitungspapier. Wer hustete, galt als potentiell gefährlich. Immer mehr Menschen erkrankten, es gab Todesfälle. Die Pflegenden waren überlastet, mit grossem Applaus dankten wir ihnen für ihren Einsatz. Wegen der steigenden Fallzahlen fürchtete man, es gäbe nicht genügend Spitalbetten und Atmungsgeräte. Im Notfall sollten die Patienten mit den besseren Heilungschancen an diese Geräte angeschlossen werden. Sicher nicht wir Alten mit Vorerkrankungen. Ich durfte also auf keinen Fall krank werden. Lebensgefahr!

Nur keine Panik. Wenn ich die Schutzmassnahmen beachte, besteht ja keine so grosse Gefahr wie damals während des Krieges in Berlin. Bereits am zweiten Tag nach meiner Geburt heulten wieder die Sirenen, es gab Fliegeralarm, Bomben fielen. Uns Neugeborene und unsere Mütter brachte man in den Luftschutzkeller des Spitals, das glücklicherweise nicht getroffen wurde. Auch zwei Jahre später hatten wir Glück, als wir ausgebombt wurden, dann zwar keine Wohnung mehr hatten, aber unverletzt blieben. Glück im Unglück!

Die Berliner fragten sich damals, ob sie ihre Freunde noch einmal wiedersehen und ob sie selbst überleben würden. Die ständige Bedrohung war nur mit (Galgen)-Humor zu ertragen. Anstatt ‚auf Wiedersehen' hiess es nun zum Abschied: „Bleib übrig!"

Und heute? Wieder besteht unser Abschiedsgruss nur aus zwei Wörtern: „Bleib gesund!"

Das klingt ähnlich, aber die Gefährdung kündigt sich heute nicht durch Sirenen an, sie kommt unbemerkt in Form von winzig kleinen Viren. Auch jetzt braucht es Glück, die Pandemie gesund zu überstehen.

Doch was ist das für eine Welt, in der heute wieder viele Menschen durch Kämpfe, Anschläge, Verfolgungen bedroht werden und zusätzlich dem Corona-Virus ausgesetzt sind! Wie sollen sie sich verabschieden? Es sind trübe Gedanken, die mir beim Hören der Nachrichten durch den Kopf gehen. Wie dankbar bin ich, dass es uns hier in der Schweiz viel besser geht. Ich bin zufrieden, bleibe aber kritisch, wachsam und vorsichtig.

Zum Glück ist meine Sorge, es könnten Hiobsbotschaften aus meinem näheren Bekanntenkreis oder von älteren Verwandten eintreffen, bis heute unbegründet geblieben.

ANSTECKEN VERBOTEN

Nur etwas belastet mich. Zwar hatte ich vor einiger Zeit mit Aufräumen begonnen, aber wegen meiner vielen anderen Aktivitäten ohne sichtbaren Erfolg. Nun schien es sehr dringlich zu werden. Ich kann doch meinen Kindern nicht zumuten, mehrere hundert Bücher auszusortieren und die vielen für sie wohl nutzlosen Dinge zu entsorgen, die sich im Laufe der Jahre angesammelt haben. Und was soll mit all den Mineralien geschehen, die wir früher von unzähligen Exkursionen mitgebracht haben? Wer würde meine angefangenen Projekte weiterführen? Ich habe noch so viel zu tun! Mein Befehl an mich selbst: Anstecken verboten, Abstand halten, Hände waschen und kein unnötiges Risiko eingehen. Aber wie gefährdet bin ich trotz aller Vorsichtsmassnahmen? Da man noch zu wenig über das Virus und den Krankheitsverlauf weiss, gibt es auch keine verlässlichen Informationen. Erst jetzt finde ich zum Beispiel im Internet Angaben darüber, wie lange das Virus auf welchen Oberflächen wahrscheinlich überlebt. Doch wie ansteckend sind Kinder? Welche Schutzmassnahmen sind wirklich wichtig, welche Medikamente könnten mir bei einer Erkrankung helfen, wann wird es einen Impfstoff geben?

MITEINANDER ODER GEGENEINANDER?

Trotz aller Unsicherheiten mussten die Politiker sehr schnell ihre Entscheidungen treffen; im Vordergrund stand zunächst die Gesundheit der Bevölkerung. Die wirtschaftlichen Folgen zeichneten sich erst Wochen später ab. Alle zurzeit notwendigen Einschränkungen kann ich gut akzeptieren. Für die Menschen, die gegen die Corona-Massnahmen protestieren, habe ich wenig Verständnis. Wir alle würden doch lieber unsere Freizeit ohne Masken geniessen, reisen, Veranstaltungen besuchen, aber das ist jetzt nicht möglich. Proteste gegen die Einschränkungen helfen nicht, das Virus einzudämmen, eher besteht die Gefahr, dass es sich noch schneller ausbreitet. Und was nützen kranke oder sich in Quarantäne befindende Mitarbeiter der Wirtschaft? Vielleicht haben auch einzelne Infizierte vor Ausbruch der Krankheit noch Kollegen oder Familienmitglieder angesteckt, die dann ebenfalls weder arbeiten noch im Restaurant essen oder auf einen Einkaufsbummel gehen können.

Auch mir bereitet die wirtschaftliche Situation Sorgen. Trotz staatlicher Unterstützung wird es für viele Firmen schwierig,

Konkurse abzuwenden. Die Sorge um den Arbeitsplatz steht für viele Arbeitnehmer im Vordergrund. Aber waren die über 65-Jährigen Schuld am Lock-down? Wurden wir als nutzloser Ballast angesehen, weil wir zurzeit keine ehrenamtliche Tätigkeit ausüben können? Man solle uns die AHV kürzen, um damit einen Teil der finanziellen Schäden zu decken. Sollte die Gesellschaft gespalten werden: jung gegen alt? Als solidarisch habe ich solche Leserbriefe und Zeitungsartikel nicht empfunden. Haben die Autoren daran gedacht, dass auch sie vielleicht einmal alt werden? Nachdem es viele Reaktionen auf diese Artikel gegeben hatte, hörten die negativen Bemerkungen auf. Vergessen wir diese „Episode“, die Zeitungen sind bereits mit anderem Altpapier entsorgt.

Wie wird es weitergehen? Nach der Lockerung der Einschränkungen steigen die Ansteckungen wieder. Warum gibt es Menschen, die sich nicht an die Abstandsregeln halten? Warum fällt es ihnen so schwer, auf etwas zu verzichten? Müssen alle Wünsche sofort erfüllt werden? Vielleicht lehrt uns die Krise, dass wir trotz Einschränkungen noch viele Freiheiten haben, und dass sich auch ein Individualist solidarisch verhalten kann. Jeder Einzelne ist im Kampf gegen das Virus gefordert.

BLEIBEN SIE ZU HAUSE!

Machen sie Ferien in der Schweiz. Reisen ins Ausland waren zunächst wegen der geschlossenen Grenzen unmöglich, später mit Risiken und Quarantäneauflagen wieder gestattet. Während des Lock-downs war alles geschlossen oder abgesagt worden.

Die Geschäfte waren geschlossen, die lang und länger werdenden Haare warteten auf den Coiffeur, die Museen, die Bibliotheken waren geschlossen, für die Bücherausleihe und -rückgabe fand man jedoch Lösungen. Vorträge, Kurse, kulturelle Anlässe, Gymnastik, Sportveranstaltungen, Vereinsanlässe, auch unser Familientreffen im Kanton Uri – alles wurde abgesagt oder verschoben. Man soll niemanden einladen, niemanden besuchen. So leer war meine Agenda noch nie! Im Gegensatz zu anderen älteren Menschen fühle ich mich nicht isoliert. Zu Beginn des Lock-downs habe ich viel telefoniert, und zum Glück habe ich keinen ‚Hausarrest'. Fast jeden Tag übe ich „Velo-Slalom"mit möglichst grossen Bögen um Fussgänger herum. Das Ziel ist mein Familiengarten, in dem es immer etwas zu tun gibt. Ich bin an der frischen Luft, habe genügend Bewegung. Immer wieder gibt es ein gutes Gespräch mit anderen Gärtnern. Worüber sollte ich mich beklagen? Selbst meine Tochter und ich halten Abstand zueinander. Um uns nicht zu nahe zu kommen, machen wir mit einem Lachen im Gesicht extra einen Umweg ums Gartenhaus oder das nächste Beet. Zum Glück hat uns das warme Wetter auch diese kleine Freude ermöglicht.

Seit die Restaurants wieder geöffnet haben, treffe ich mich wie früher mit Kolleginnen zum gemeinsamen Mittagessen. Nachdem die Maskenpflicht im öffentlichen Verkehr eingeführt wurde, fahre ich auch wieder mit dem Bus. Auch Tagesausflüge gönne ich mir wieder.

ERINNERUNGEN AN OSTBERLIN

Meine Enkelin hatte Anfang März Geburtstag; zum Glück habe ich die ganze Familie noch einmal sehen können. Dann sollten die Grossmütter zu Hause bleiben. Auch das weckt Erinnerungen; meine Gedanken schweifen wieder zurück in die Vergangenheit. Mit dem Bau der Mauer am 13. August 1961 war die Grenze zwischen Ost- und Westberlin hermetisch abgeriegelt. Ich konnte meine Grossmütter, die beide allein in Ostberlin wohnten, von einem Tag auf den anderen nicht mehr besuchen. Jeglicher Kontakt war abgebrochen. Selbst die Telefonverbindungen zwischen Ost- und Westberlin hatten die Sowjets unterbrochen. Man hätte innerhalb der Stadt ein Ferngespräch anmelden müssen. Meine Grossmütter hatten wie die meisten ihrer Nachbarn noch kein Telefon, und sie waren nicht mehr in der Lage, zur Post zu gehen und lange auf ein Gespräch zu warten. Briefe waren tagelang unterwegs und wurden kontrolliert. Wir machten uns mit Recht grosse Sorgen, aber man konnte nichts machen, und das tägliche Leben ging trotzdem weiter.

Diese Sorgen bleiben meinen Enkelkindern heute zum Glück erspart. Mir geht es gut, und wir verzichten ja zu unserem eigenen Schutz freiwillig auf einen Besuch. Der gute Kontakt bleibt bestehen – dank Telefon und moderner Kommunikations-Technologie. Vielleicht helfen mir frühere negative Erfahrungen, die heutige Situation etwas leichter zu ertragen.

WhatsApp ist zu einem wertvollen Übertragungsmittel für Bilder, Videos und Nachrichten geworden. So habe ich zu Beginn der Pandemie meiner Tochter, die in meiner Nähe wohnt, zweimal in der Woche eine Einkaufsliste schicken können. Am nächsten Morgen folgte die Lieferung. Nach einiger Zeit wurde ich ungeduldig. Hatte sich saisonbedingt vielleicht etwas im Angebot geändert? Die Kommunikation lief jetzt direkt übers Handy. Meine Tochter zeigte mir im Vorbeigehen Bilder von den Waren in den Regalen, so dass ich neue Ideen für meinen Menüplan erhielt und meine Einkaufsliste sofort mündlich anpassen konnte. Zum Glück gab es diese „Homeshopping"-Notlösung.

Als es endlich Schutzmasken gab und die Fallzahlen sanken, durfte ich wieder „erwachsen werden"und selbst einkaufen gehen. Von den Engpässen beim WC-Papier und bei den Masken abgesehen, gab es für uns Konsumenten keine Lieferengpässe.

Uns geht es gut, das Lebensmittelangebot ist reichhaltig. Auch das war in meiner Kindheit nicht immer so. Ich denke jetzt nicht an die Hungersnot nach Kriegsende, sondern an die Situation in Ostberlin. Damals konnte man nicht fragen, was man essen wolle, sondern man musste das kochen, was es zufällig zu kaufen gab. Wenn einem Geschäft ausnahmsweise etwas Spezielles geliefert worden war, sprach es sich schnell herum, die Hausfrauen eilten herbei, vor dem Laden bildeten sich lange Schlangen, und wenn man Pech hatte, war die Ware bereits ausverkauft, bevor man an der Reihe war. Das kommt mir in den Sinn, wenn ich die Abstandsmarkierungen vor der Kasse oder die Wartenden vor dem Hofladen sehe.

GENERATIONEN IM KLASSENZIMMER

Seit es in unserem Schulhaus das Pro Senectute-Projekt gibt, mit dem Senioren die Lehrer und Schüler während des Unterrichts unterstützen, bin ich in zwei Klassen dabei. Wegen der steigenden Fallzahlen wurden die Schulen geschlossen. Homeschooling mit allen Vor- und Nachteilen war angesagt. Die Umgebung des Schulhauses schien wie ausgestorben. Jeder Tag glich einem langweiligen Sonntag. Als dann der Schulbetrieb wieder begann, hätte ich die Kinder am liebsten begleitet, aber wegen der Ansteckungsgefahr durften wir Senioren noch nicht ins Schulhaus. Nicht einmal verabschieden konnte ich mich vor den Ferien von den Viertklässlern. Doch eines Tages lag ein grosses Kuvert in meinem Briefkasten. Ganz herzlich danke ich der Lehrerin, dass sie der Klasse vorgeschlagen hat, mir zum Abschied Briefe zu schreiben. Alle Kinder haben mitgemacht, jetzt habe ich von jeder Schülerin und von jedem Schüler ein Andenken. Auch ihnen tat es leid, dass wir uns nicht voneinander verabschieden konnten. Sie berichteten von ihrem Schulalltag und der Plexiglasscheibe, hinter der die Lehrerin sich schützen soll, alle mussten Abstand halten und durften ihr Z'Nüni nicht mehr teilen. Alle Briefe zeigen mir, dass die guten Wünsche der Kinder von Herzen kommen. Welch schönes Abschiedsgeschenk! Natürlich habe ich jeden Brief noch vor den Ferien beantwortet.

Ein Mädchen hat ihrem Brief ein grosses, selbst ausgesägtes und schön verziertes Puzzleteil mit einem lieben Gruss beigelegt. Dieses Geschenk habe ich auf meinem Tisch aufgestellt.

Plötzlich wird das dekorative Erinnerungsstück zu einem Symbol. Wird unser Denken und Handeln nicht auch durch die Summe von unzähligen Puzzleteilen aus Erfahrungen und Erinnerungen geprägt? Auch die Corona-Krise wird dazu gehören und uns allen hoffentlich nicht nur in negativer Erinnerung bleiben.

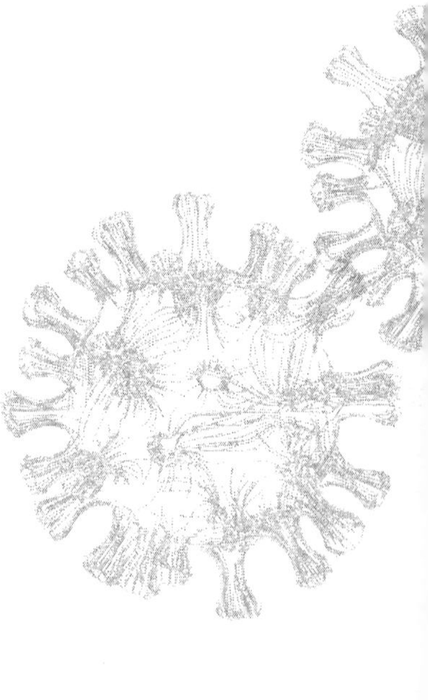

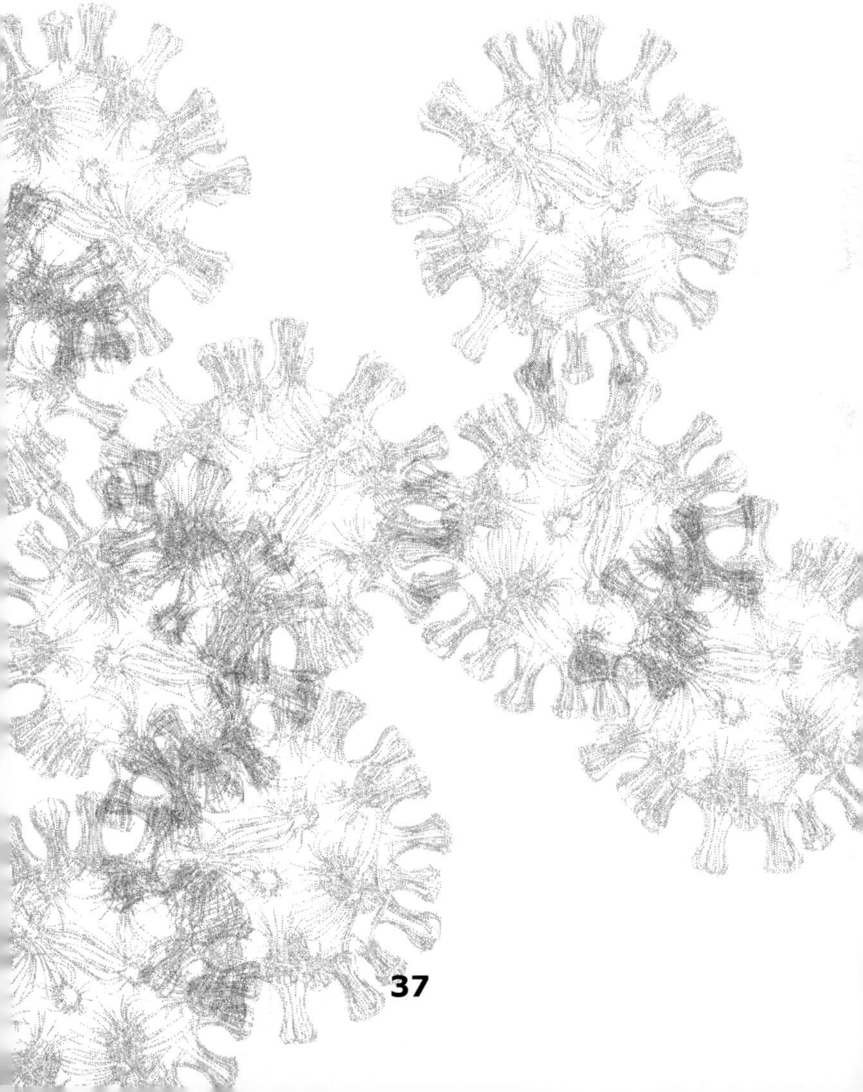

PAUL ROBERT VOGT

Prof. Dr. med. Dr. h.c.: Nach der Matura an der Stiftsschule Einsiedeln studierte Vogt an der Universität Zürich, wo er 1983 sein Staatsexamen ablegte. 1992 schloss er dort seine Facharztausbildung (Allgemeine Chirurgie) und Dissertation ab. Es folgte der zusätzliche Facharzttitel für Herzchirurgie (1994) und seine Habilitation an der Medizinischen Fakultät der Universität Zürich (1997). Im selben Jahr wurde er dort zum Leitenden Arzt und Stellvertretenden Klinikdirektor. 1999 wurde Vogt Vorstandsmitglied der Schweizerischen Gesellschaft für Herz- und Gefäßchirurgie und ein Jahr später zum Klinischen Direktor und Chefarzt am Uniklinikum Gießen ernannt. In den nächsten Jahren folgten Gastprofessuren an verschiedenen Universitäten im Ausland (u.a. an der Tongji University, Wuhan, Hubei, der Yangzhou University, Yangzhou, Jiangsu und der Hebei Universität). Er gründete 2006 EurAsia Heart, eine ehrenamtliche Schweizer Stiftung mit Sitz in Zürich, welche chirurgische Unterstützung in Osteuropa, Asien und Afrika leistet. Zur selben Zeit wurde er Belegarzt an den Hirslanden Kliniken in Zürich. 2011 wurde er zum Ehrendoktor der Medizinischen Universität (Pavlov Medical University), St. Petersburg ernannt. 2008 wurde Vogt Externer Auditor Swiss Transplant, Arbeitsgruppe "Herz". 2015 ernannte ihn das Ukrainische Zentrum für Kinder- und Erwachsenenherzchirurgie in Kiew zum Stellvertretenden Chefarzt. Seit 2019 ist Vogt Mitglied von Swiss Surgery, einem Kompetenznetzwerk für Chirurgie und Krebsbehandlung und Mitglied des Verwaltungsrates der Medsi Group, Moskau, Russland. Vogt leitet seit Juli 2020 die Herzchirurgie des Universitätsspitals Zürich.

HELMUTH FUCHS

Helmuth Fuchs ist CEO und Alleineigentümer von moneycab, der ältesten und renommiertesten Schweizer Wirtschaftsinformationsplattform. Auf der Webseite moneycab.com findet sich u.a. ein frei und kostenlos zugängliches Corona-Dossier mit weit über 750 Artikeln (https://www.moneycab.com/tag/coronavirus/)

Das Interview mit Paul Vogt fand nach dem vorübergehenden Abklingen der ersten Coronainfektionswelle Ende Mai statt.

INTERVIEW

Helmuth Fuchs: Herr Professor Vogt, wir lernen fast täglich zusätzliche Aspekte des Coronavirus kennen. Neu richtet sich der Fokus auf mögliche Entzündungen im Zusammenhang mit dem Virus und eine mögliche Beeinträchtigung der Blutgerinnung, was wiederum zu Thrombosen führen kann. Was ist der aktuelle Stand aus Sicht der Wissenschaft?

Paul Vogt: COVID-19 greift die Zellen vieler Organe im menschlichen Körper an, so unter anderem die Zellen der Lunge, des Herzens, des Gehirns, der Leber oder des Darms. Das Virus dringt in die Zellen dieser Organe ein, repliziert sich in diesen Zellen, die dabei zerstört werden, was eine Entzündungsreaktion auslöst, die dann entzündungsbedingt zu einer Thrombose von Blutgefässen führen kann, so etwa zur Thrombosierung der kleinen Lungenvenen – ein extrem schwierig zu behandelndes Krankheitsbild.

„Ein wesentlicher therapeutischer Aspekt in der Behandlung von COVID-19 liegt in der Antikoagulation, landläufig «Blutverdünnung» genannt.“ Prof. Paul R. Vogt, Herzchirurg

Daneben verändert das Virus auch die Blutgerinnung an sich, indem jene Proteine im Blut, welche die Gerinnung fördern, in ihrer Konzentration zunehmen. Dadurch entstehen bei bis zu 25% aller Patienten Thrombosen in den Arterien und Venen, zum Beispiel in den Beinvenen, den Lungenarterien (klassische Lungen-Embolie) oder den Venen anderer Organe, etwa des Gehirns oder sogar der Prostata. Ein wesentlicher therapeutischer Aspekt in der Behandlung von COVID-19 liegt deshalb in der Antikoagulation, landläufig «Blutverdünnung» genannt.

Sie sind mit Ihrer Stiftung EurAsia Heart Foundation unter anderem auch in China aktiv, in Wuhan, wo sich die Stiftung schon vor 20 Jahren stark für die Weiterbildung eingesetzt hat. Wuhan hat sich mittlerweile international in der Herzchirurgie einen ausgezeichneten Ruf erarbeitet. Wie sieht die Situation heute in Wuhan, dem Ausgangspunkt der Corona-Pandemie, aus?

Die Partnerklinik von EurAsia Heart Foundation in Wuhan operiert jedes Jahr ungefähr 3’800 Kinder und Erwachsene mit Herzleiden. Während der Pandemie konnten nur wenige Operationen durchgeführt werden: absolute Notfälle, oder Transplantationen. Über 100 Mitarbeiter der Klinik waren zur Bekämpfung der Pandemie aufgeboten worden. Am 7. April hat die Klinik jedoch begonnen, das reguläre herzchirurgische Operationsprogramm in Schritten wieder aufzunehmen. Der üblicherweise Ende Mai stattfindende internationale Herzchirurgen-Kongress dieser Klinik wurde vorerst auf Mitte Oktober verschoben.

Trotz Pandemieplänen, Pflichtlagern und Informationen aus China und anderen asiatischen Staaten fehlte es in der Schweiz offensichtlich an Schutzmaterialien wie Masken, Desinfektionsmittel oder Informationssystemen, welche einen schnellen Überblick, zum Beispiel über die Anzahl der verfügbaren Beatmungsplätze ermöglicht hätten. Wie präsentiert sich hier die Schweiz im internationalen Vergleich, welche Lehren können für die Zukunft gezogen werden?

Europa und die USA waren nicht vorbereitet. Auch die Schweiz nicht. In der Schweiz fehlte es an allen basalen Materialien: Masken, Desinfektionsmittel, Tupfer und Wattestäbchen für den Rachenabstrich, Reagenzgläser, Test-Kits und Laboratorien, in denen die Rachenabstriche analysiert werden konnten. Die Nachverfolgung Infizierter wurde schon nach 332 positiv getesteten Personen aufgegeben.

„Das einzige, was in der Schweiz klappte, war die Behandlung an der Front, das heisst, die Behandlung der Patienten in den Kliniken."

Es gab – und gibt – meiner Meinung nach auch nie eine Strategie, wie man eine Pandemie bekämpft.

Das einzige, was in der Schweiz klappte, war die Behandlung an der Front, das heisst, die Behandlung der Patienten in den Kliniken und zwar auf den regulären Abteilungen, wie auch auf den Intensivstationen. Viele Intensivstationen haben schwerkranke Patienten mit grossem Erfolg behandelt: bei gewissen Intensivstationen betrug die Überlebensrate 100%!

Die Welt schaut gebannt auf die jeweils für jedes Land publizierten Zahlen (neue positiv getestete Fälle, Tote), obschon zum Beispiel auch in der Schweiz völlig unklar ist, wie viele Personen symptomlose Träger sind und es kein standardisiertes Vorgehen beim Testen gibt (repräsentatives Sampling der Bevölkerung). Wie gut eignet sich eine solche Datenbasis als Entscheidungsgrundlage für politisch und wirtschaftlich so weitreichende Entscheidungen wie wir sie heute sehen, welche Informationen müssen für zukünftige Epidemien und Pandemien vorhanden sein?

Die Probleme des Testens kann man kaum auf zwei Seiten zusammenfassen. Um exakte epidemiologische Daten einer Pandemie zu haben, müsste man entweder Massentests durchführen, oder statistisch repräsentative Stichproben machen, indem man zum Beispiel eine Kleinstadt mit 10'000 Einwohnern komplett testet.

Um den medizinischen Schweregrad einer Epidemie oder Pandemie zu beurteilen, ist es besser, die Anzahl von Patienten zu zählen, die hospitalisiert sind und die intensiv-pflichtig und/oder beatmet sind. Und natürlich muss man die Sterberate kennen. Und das alles nicht in absoluten Zahlen, sondern pro 100'000 Einwohner.

„Die Anzahl falsch-positiver, aber auch falsch-negativer Tests ist zu gross und die Anzahl getesteter Personen zu klein, um präzise, epidemiologische Aussagen machen zu können."

Die aktuelle Teststrategie sagt zu wenig aus, da zum Beispiel wenig symptomatische Patienten einen positiven Rachenabstrich haben, schwerer Kranke mit beginnender Lungenentzündung jedoch einen negativen! Die Anzahl falsch-positiver, aber auch falsch-negativer Tests ist zu gross und die Anzahl getesteter Personen zu klein, um präzise, epidemiologische Aussagen machen zu können. Vielleicht finden sich in der Schweiz 5 bis 15x mehr Infizierte als angegeben. Die Streubreite dieser Schätzung sagt schon alles.

Falls sich diese Pandemie mit einer zweiten Welle zurückmeldet oder ein noch aggressiveres Virus dazu kommt, wird die Diskussion geführt werden müssen, wieviel wirtschaftlichen Stillstand und wieviel gesundheitlichen Schutz wir uns leisten können, wenn benötigte Ressourcen (Medikamente, Intensivplätze, Betreuungspersonal) nicht in genügender Zahl vorhanden sind. Nach welchen Richtlinien kann eine solche Diskussion geführt werden, ohne in Eugenik oder Rassismus abzudriften?

Sollte die Anzahl Infizierter nur kurzfristig wieder ansteigen, so handelt es sich meiner Meinung nach nicht um eine zweite Welle, sondern eher um einen zweiten Peak der ersten Welle, weil wir zu früh «aufgemacht» haben und/oder die basalen Massnahmen nicht einhalten. Die zweite Welle der Spanischen Grippe kam 5 Monate nach der ersten und war verheerender, weil sich das Virus in der Zwischenzeit dem Menschen besser angepasst hatte.

Um im Rahmen einer zweiten Pandemiewelle einen erneuten Lock-down verhindern zu können, müssen alle Register der

Pandemie-Bekämpfung gezogen werden, was man eigentlich schon jetzt hätte tun sollen:

1. Abstandhalten;
2. Masken;
3. Desinfektionsmittel;
4. Massentests;
5. Tracking-App;
6. Quarantäne infizierter Gesunder;
7. medizinische Behandlung infizierter Kranker;
8. Breitflächige Desinfektion der Infrastruktur;
9. Erneutes Testen zur Erfolgskontrolle.

Die Massnahmen 1-3 sind über tausend Jahre alt – und nicht mal diese haben in der Schweiz funktioniert, geschweige denn die Massnahmen 4-9.

Mit allen berechtigten Zweifeln an den Informationen, welche China immer auch als politisches Mittel einsetzt, was können und müssen wir lernen von China und anderen asiatischen Staaten im Umgang mit Epidemien?

Chinas Strategie war und ist es, COVID-19 zu eliminieren, wie sie das bei SARS auch geschafft haben. Bei COVID-19 dürfte das allerdings ungleich schwieriger werden.

Die Strategie des Westens bestand immer nur darin, das Virus einzudämmen. Die Europäischen Regierungen hatten nie den Ehrgeiz, das Virus zu eliminieren. Südkorea, Taiwan, Singapur und Hongkong und natürlich auch China haben von SARS gelernt und waren strategisch und von der Ausstattung her vorbereitet. 9 Tage nach dem ersten COVID-19-positiven Fall verteilte Südkorea bereits 700'000 Masken an sensitive Stellen und 14 Tage nach dem ersten Fall stand bereits ein Test zur Verfügung, dessen Resultat in 6 Stunden verfügbar war. Südkorea hatte 118 Labors, welche die Tests analysierten – die Schweiz ein Referenzlabor in Genf. Am 31. Dezember orientierte China die WHO – und am 31. Dezember stoppte Taiwan den Flugverkehr mit Wuhan.

„Von den asiatischen Ländern lernen, heisst nicht, ihre Staatsform zu übernehmen. Es heisst lediglich, hinzuschauen, wie man ein medizinisches Problem – eine Pandemie eben – strategisch, technologisch und medizinisch angeht."

Nebst der oben erwähnten Strategie der 9 Punkte waren diese asiatischen Länder vor allem schnell: die Schnelligkeit der initialen Massnahmen ist wichtig, da sich das Virus exponentiell verbreitet.

In unserer technisch vernetzten Welt können wir eine Pandemie nicht mit 1'000 Jahre alten Methoden (Punkte 1-3) bekämpfen. Wir brauchen Technologien des 21. Jahrhunderts, um eine Pandemie ohne Lock-down erfolgreich bekämpfen zu können. Das haben die asiatischen Länder offenbar besser begriffen.

Von diesen Ländern lernen, heisst nicht, ihre Staatsform zu übernehmen. Es heisst lediglich, hinzuschauen, wie man ein medizinisches Problem – eine Pandemie eben – strategisch, technologisch und medizinisch angeht. Und zwar so, dass man einen wirtschaftlichen Lock-down verhindern kann.

Die Hoffnung der Experten liegt auf einer schnellen Entwicklung eines Impfstoffes und von Medikamenten. Wie berechtigt sind die Hoffnungen, und was bedeutet es, wenn es in absehbarer Zeit keinen solchen Impfstoff gibt?

Zu Zeiten von SARS haben 22 Firmen an einem Impfstoff gegen SARS geforscht und es gelang auch einen Impfstoff zu produzieren, der bis in die klinische Phase-1 kam, aber nie offiziell zertifiziert wurde. Da es nach 2004 keine SARS-Patienten mehr gab, hatten die meisten die Forschung auf diesem Gebiet eben eingestellt.

„Wir müssen realistisch bleiben: bis anhin ist es nie gelungen, einen Impfstoff gegen Coronaviren zu entwickeln."

Heute forschen 90 Firmen weltweit an einem COVID-19-Impfstoff. Es besteht deshalb die Hoffnung, dass wir in 12 bis 18 Monaten einen Impfstoff haben könnten. Trotzdem: dessen Produktion und globale Distribution dürfte nochmals Jahre benötigen. Bis dann gelingt es vielleicht, Antikörper zu produzieren, welche das Virus im Infizierten blockieren. Oder wir verfügen über eine antivirale Kombinations-Medikation, mit welcher Infizierte, die Symptome haben, innerhalb von wenigen Tagen ambulant zu Hause kuriert werden können. Dazu braucht es einen Stick, den jeder ähnlich einem Schwangerschaftstest in der Apotheke kaufen kann. Treten zu Hause Symptome auf, wird getestet, ist der Test positiv, bringt der Hausarzt die definierte Kombinations-Medikation.

Aber wir müssen realistisch bleiben: bis anhin ist es nie gelungen, einen Impfstoff gegen Coronaviren zu entwickeln.

Mit SARS, MERS und auch anderen Coronaviren haben die Menschen eine Art des Zusammenlebens gefunden, ohne dass es zu schweren weiteren Ausbrüchen gekommen ist. Wie stehen die Chancen, dass es mit SARS-CoV-2 genau so sein wird?

MERS und SARS waren für andere nur dann ansteckend, wenn eine infizierte Person auch tatsächlich Symptome zeigte. MERS und SARS wurden deshalb, was den Homo sapiens betrifft, eliminiert. COVID-19 ist jedoch auch dann ansteckend, wenn die infizierte Person noch symptomlos ist und genau das ist die Achillesferse beim Versuch, COVID-19 wie MERS und SARS zu eliminieren.

Es ist nicht sicher, ob wir COVID-19 eliminieren können, oder ob wir mit COVID-19 leben lernen müssen, etwa in dem Sinne, dass wir immer wieder lokale Ausbrüche erleben werden, die wir dann aufwendig mit lokalen Massnahmen begrenzen müssen.

Wie hat das Virus Ihren beruflichen Alltag als Chirurg verändert, wo sind Sie am meisten eingeschränkt, wo ergeben sich neue Möglichkeiten?

Zu Hause in der Schweiz war ich herzchirurgisch mässig eingeschränkt, da wir notfallmässige und dringliche Operationen zu jedem Zeitpunkt durchführten – COVID-19 hin oder her.

Die Arbeit von EurAsia Heart Foundation wurde und ist hingegen komplett blockiert, da wir nicht in unsere Partnerländer reisen können.

Stattdessen haben wir aber für unsere Kollegen, zum Beispiel in der Ukraine, in Uzbekistan oder in Russland Webinar-basierte Weiterbildungen zu COVID-19 durchgeführt. Wir beraten sie zudem in der medikamentösen Behandlung von COVID-19 Patienten, stellen Protokolle zusammen und halten regelmässig Konferenzen ab. Auch das Pflegepersonal unserer Intensivstationen hat ihr breites Wissen und ihre Erfahrungen international weitergeben. Ohne adäquates Pflegepersonal kann man keine spezialisierte Intensivmedizin betreiben – und das ist nicht nur zu COVID-19-Zeiten so.

Zum Schluss des Interviews haben Sie zwei Wünsche frei. Wie sehen die aus?

Ich hätte natürlich mehr als zwei Wünsche, aber da ich nur zwei frei habe, antworte ich so: zum Ersten wünsche ich mir, dass wir alle in allen Ländern diese Pandemie so gut wie möglich überstehen und COVID-19 so schnell wie möglich wieder loswerden.

Zum Zweiten hoffe ich, dass EurAsia Heart Foundation diese kritische Zeit übersteht und schnell da wieder aktiv werden kann, wo Tausende und Aber-Tausende von herzkranken Kindern auf eine lebensrettende Operation warten.

AUS EINEM FRÜHEREN INTERVIEW MIT PROF. VOGT IN MONEYCAB.COM

Welche Szenarien bestehen:

COVID-19 bleibt eine saisonal wiederkehrende Infektion mit einer im Vergleich zu Influenza deutlich höheren Sterberate.

COVID-19 setzt sich endemisch in der Bevölkerung fest und es kommt immer wieder zu lokalisierten «Ausbrüchen», die identifiziert werden können, ohne dass wir jedesmal über einen Lock-down diskutieren müssen.

COVID-19 setzt sich endemisch in der Bevölkerung fest, aber es gibt eine Impfung, ähnlich derjenigen gegen Hepatitis B.

COVID-19 setzt sich endemisch in der Bevölkerung fest, aber es gibt eine antivirale, medikamentöse Kombinationstherapie ähnlich jener gegen HIV. Während HIV lebenslang therapiert werden muss, reicht bei COVID-19 eine 10-tägige «Tripletherapie», deren Komponenten bekannt sind und die sich auch bereits in klinischen Studien befindet. Im Rahmen einer solchen Therapie könnte COVID-19 in eine Krankheit umgewandelt werden, die bei ersten Symptomen mit einem frei verkäuflichen Test, ähnlich einem Schwangerschaftstest, zu Hause diagnostiziert und auf ambulanter Basis mit einer 5- bis 10-tägigen, medikamentösen Therapie behandelt werden kann.

COVID-19 verhält sich saisonal und überrennt uns im Herbst in einer mutierten Form: der Albtraum. Stehen weder Impfung noch Therapie zur Verfügung, wird uns ein im Herbst 2020 wiederkehrendes COVID-19 vor dieselben Probleme stellen, die wir heute erleben. Wir haben Zeit, uns darauf vorzubereiten und dieselben Nachlässigkeiten zu vermeiden.

(fette Hervorhebung: R. Jakob)

LINA SPÄNI

Ich bin als drittes Kind von sieben Geschwistern in Ried – Schwyz aufgewachsen.

Wir lebten in einfachen Verhältnissen in einer 3½ Zimmerwohnung in einem Bauernhaus.

Mein Vater verdiente nicht so viel Geld.

Da das Geld nicht reichte, konnten nur meine drei Brüder eine Lehre absolvieren.

Mit 16 Jahren arbeitete ich in einem Hotel auf dem Stoos ob Schwyz.

Mit 17 Jahren habe ich eine Stelle in einer Tankstelle für den Haushalt und die Tankstelle angenommen.

Ich arbeitete sehr gerne dort, da ich selbständig arbeiten konnte.

Mit 20 Jahren habe ich geheiratet.

MEINE ZEIT WÄHREND DES LOCKDOWNS (CORONA)

Während der Lockdownzeit habe ich die ersten zweieinhalb Monate die Familie und die Enkelkinder sehr vermisst.

Die eingeschränkte Freiheit hat mich nicht gross betroffen, da ich zum Glück nach draussen gehen konnte. Angst hatte ich keine, da ich grosse Menschenmengen bewusst gemieden hatte, was ich auch heute noch machen werde.

Die Presse hat mich nicht wirklich beeindruckt. Ich habe jeden Tag, sei es im Fernsehen, Radio oder in den Tageszeitungen etwas gehört oder gelesen. Ich wusste mit der Zeit nicht mehr, was richtig oder falsch war.

Ich hatte das Gefühl, dass die Menschen durch diese Pandemie aggressiver und gestresster waren.

In dieser Zeit ist mir bewusst geworden, dass wir Menschen nicht immer alles so steuern können, wie wir es gerne haben möchten.

Ich hoffe, dass diese Pandemie irgendwann vorbei geht, so dass wir wieder ein normales Leben führen können.

LARS JAEGER

Lars Jaeger, Dr. rer. nat., Jahrgang 1969, wohnt in Baar und hat Physik, Mathematik, Philosophie und Geschichte in Bonn und Paris studiert und dann mehrere Jahre in der theoretischen Physik im Bereich der Quantenfeldtheorien und Chaostheorie geforscht (Universität Bonn, Max-Planck-Institut für Physik komplexer Systeme in Dresden). Als umtriebiger Querdenker hat er zwei Unternehmen aufgebaut, die mittels mathematischer Methoden globale Kapitalmärkte modellieren und daraus Handelsmodelle konstruieren. Er ist ein erfolgreicher Autor und Referent. In seinen Publikationen widmet er sich stets aktuellen Themen aus den Naturwissenschaften, Technologie und Philosophie.

WUTBÜRGER, VERSCHWÖRUNGS-THEORETIKER, WISSENSCHAFTSFEINDE, ANTISEMITEN UND NEOLIBERALE – DER GEFÄHRLICHE POST-CORONA-COCKTAIL

Lange haben es die Menschen bei uns in Europa eindrucksvoll im Lockdown ausgehalten, sind den Anweisungen zum Social Distancing und dem Maskentragen gehorsam gefolgt, haben sich schweigend dem allgemeinen Schicksal der Vernünftigen gefügt. Dabei hat das Corona-Virus etwas geschafft, an dem letztere schon fast verzweifelt waren: die öffentliche Blossstellung der Dummheit und intellektuellen Unredlichkeit der Rechtspopulisten. Jedes Interview und jede Presseerklärung von Donald Trump, jede Twitter-Nachricht von Jair Bolsonaro, jeder Macho-Ausbruch Vladimir Putins oder Benjamin Netanyahus und jeder clownhafte Auftritt Boris Johnsons liessen die Menschen in Europa aufatmen, dass sie bei sich zu Hause mit vergleichsweise besonnenem, vernünftigem und integrem politischem Führungspersonal gesegnet waren. Langweilige, weil pragmatische und besonnene Politiker wie Angela Merkel in Deutschland oder Alain Berset in der Schweiz (Innenminister), waren ein wohltuender Kontrast zu den narzisstischen und jeder Vernunft entbehrenden Ausbrüchen eines Trumps oder Bolsonaros. Anders als in den USA oder Brasilien, wo «Wutbürger» - sich auf ihren «Wutpräsidenten» berufend – schon früh auf den Strassen waren, um ihren Gemütszustand zum Ausdruck zu bringen, waren die Menschen in Europa lange ruhig und warteten ab, wie sich die Pandemie entwickeln würde.

Und nun wird immer klarer: Die Europäer erwiesen sich als weitaus erfolgreicher beim Bekämpfen der Pandemie. Während in den USA und Israel die neuen Fall- und Todeszahlen seit Wochen steigen beziehungsweise auf erschreckend hohem Niveau stagnieren und in Russland und Brasilien die Corona-Opfer nach anfänglichen Beteuerungen der Unverwundbarkeit der jeweiligen Bürger immer weiter anwuchsen, schien Europa lange über dem Berg zu sein. Deutschland, die Schweiz und Österreich konnten ihre Fallstatistiken wieder dorthin drücken, wo sie vor den Anti-Corona-Massnahmen waren, genau so wie das besonders stark gebeutelte Italien, und lange auch Frankreich und Spanien (wo die Zahlen unterdessen allerdings wieder Höchststände erreichten). Es scheint, dass das Befolgen der Ratschläge der Wissenschaftler, die Besonnenheit der politischen Entscheidungsträger, welche den Ratschlägen der Wissenschaftler folgten, und die Vernunft der Bürger im interdemokratischen Vergleich mit England, Amerika, Russland, Israel und Brasilien die entscheidenden Vorteile des europäischen Weges in der Corona-Krise darstellten (auf eine Diskussion der Massnahmen der autokratischen, aber nicht unbedingt populistischen Regierungen in Asien soll hier verzichtet werden).

Doch auf einmal, nach vielen Wochen des Ausharrens und Warten, erleben wir auch in Deutschland, der Schweiz und Österreich öffentliche Proteste und Demonstrationen gegen die vor Wochen beschlossenen Massnahmen.

Der Erfolg gab den getroffenen Regierungsbeschlüssen zunächst recht, machte sie zugleich aber auch angreifbar. „War doch alles nicht so schlimm", „Hätte es das wirklich gebraucht?", „Die Therapie war schlimmer als die Krankheit" hiess es zunächst immer mehr. Dann mit der zweiten Welle, waren plötzlich für viele Zeitgenossen alle Massnahmen sinnlos und unausgegoren.

Betrachten wir die Menschen, die nun auf solchen (die Regeln des Social Distancing verletzenden) Demonstrationen ihre Wut herausbrüllen, so erkennen wir unter ihnen bestimmte, immer wiederkehrende und mehr laut- als zahlenkräftige Gruppen:

- Rechtsextremisten, die den Augenblick nutzen, um ihre Hetze gegen die Regierung, gegen Ausländer und Andersdenkende, gegen Wissenschaft und so ziemlich alles, was nicht in ihr limitiertes Weltbild passt, an den Mann zu bringen (es handelt sich hier in den meisten Fällen um Männer) und dabei immer wieder die alte Mär von einer Meinungsdiktatur der Regierung und den Wissenschaftlern von sich geben,
- Anti-kapitalistische Linke, die die Gelegenheit gekommen sehen, um mit einem verhassten Wirtschaftssystem abzurechnen,

- Verschwörungstheoretiker, die glauben, dass dunkle Mächte (Bill Gates, chinesische 5G-Technologen, eine heimliche Weltregierung à la Bilderberger oder Freimaurer) ihren eigenen Interessen nachgehen, zulasten der breiten Mehrheit, dem „Volk“, und die daraus ihr eigenes Recht auf Widerstand ableiten,
- Esoteriker, die mit ihrem Überwissen auf jenseitige Kräfte hinweisen, auf die wir uns, anstatt staatlichen Anweisungen zu folgen, doch bitteschön stützen sollen,
- Impfskeptiker, die davor warnen, dass die Regierungen ihre Bürger schon bald dazu zwingen werden, sich einen Chip einzusetzen, damit sie uns alle kontrollieren können,
- Antisemiten, die den Grund allen Übels, und damit auch für die Corona-Krise, in den Machenschaften einer weltweiten jüdischen Verschwörung gegen Nicht-Juden sehen,
- C-Promis, die jede Chance zur Aufmerksamkeit zu nutzen versuchen, und sei der Weg noch so dämlich,
- Reaktionäre Kirchenvertreter, die Hassparolen von sich geben und auf ihr Recht der Massenpredigt pochen, was beides schon im Mittelalter die Pest erst so schlimm hat werden lassen,
- Wissenschaftsskeptiker, die mit ihren eigenen Theorien etabliertes Wissen über den Haufen werfen wollen und die Corona-Krise als willkommene Chance sehen, nun die Welt über die abstrusen Produkte ihres Geistes zu informieren, oder die nur „machthungrigen Wissenschaftlern“ ihre Grenzen aufzeigen wollen. Ganz nach der Logik: Wir sind in einer Corona-Krise. Nun wird es daher Zeit, endlich mal die Deutungsmacht der korrupten Wissenschaftler zu brechen. So gibt es eine erstaunlich laute Gruppe von Menschen, die, ohne auch nur annähernd die dafür notwendige physikalische Bildung

zu besitzen, die Relativitätstheorie widerlegt zu haben glauben oder die scheinbaren Widersprüche der Quantentheorie dazu verwenden, um das Weltbild der modernen Physik grundlegend zu verdammen. In entsprechenden Internetforen zeigt sich hier eine erstaunliche Überlappung mit Corona-Skeptikern.

Man muss dieser Liste leider eine weitere Gruppe hinzufügen: die ultraliberalen Staatsverächter, die Bund und Kantone (in Deutschland: Bundesländer) gestutzt sehen wollen. Die Unternehmer werden es von hier aus wieder richten, liebe Politiker. Gebt Ihnen nur mehr Macht, oder noch besser: Besetzt doch gleich die ganze Regierung mit ihnen. Dann wird all das Übel des Sozialstaates, „eine aus dem Ruder gelaufene Altersvorsorge", „eine fehlgeleitete Gesundheitspolitik" wieder ausgemerzt. In Anbetracht des Schadens, den diese Ideologie in den letzten Jahren angerichtet hat, wie in der Corona-Krise zuletzt gerade besonders gut sichtbar in den USA und England, muss man leider konstatieren, dass auch dieser intellektuelle Bruder des Wutbürger-Ausbruchs höchst gefährlich ist, und es daher ein Gebot der intellektuellen Redlichkeit ist, dagegen das Wort zu erheben. Denn es ist genau dieser Sozialstaat mit breiter Gesundheitsversorgung in der Schweiz und Deutschland, der dafür gesorgt hat, dass es dieser Tage keine Massenarbeitslosigkeit und kein Massensterben gibt wie in den USA oder England. Und wer nur 12 Jahre zurückgeht, erkennt, dass es schon 2008/2009 der Sozialstaat war, der uns eine Krise hat meistern lassen, die uns die „Unternehmer" an den Schalthebeln bei den Banken eingebrockt hatten. Welch ein Ärgernis für die Apologeten des ungehinderten freien Marktes, dass die Rettung desselbigen durch den Staat nun schon zum zweiten Mal innerhalb kürzester Zeit vonnöten ist. Und was es bedeutet, eine „fehlgeleitete Gesundheitspolitik“ auf den rechten Kurs nämlich den Sparkurs zu bringen, sieht man in bester Illustration in Italien und erneut in den USA und England. Zusammen mit dem Vorwurf an die Regierungen, keine Antwort auf die Frage zu haben, „wie viele soziale und wirtschaftliche Schäden man in Kauf nehmen will, um Leben zu retten“, offenbart sich ein kaum fassbarer Zynismus, der nicht nur der intellektuellen sondern auch der ethischen Redlichkeit entbehrt.

Fakt ist: In Ländern wie Deutschland, der Schweiz und Österreich, ja in jeder Demokratie der Welt, wurden Grundrechte stark eingeschränkt, etwa die Versammlungsfreiheit oder die Freizügigkeit in der Mobilität. Solange sie nicht willkürlich ausgesetzt werden, sondern mit gutem Grund und zeitlich begrenzt, steht dies zu 100 Prozent auf dem Boden unserer Verfassungen. Fakt ist auch, dass die Wissenschaftler noch bei weitem nicht alles über das Covid-19 Virus wissen (wenn auch unterdessen immer mehr). So ist jede politische Entscheidung auch eine Risikoabwägung. Dass sich dabei im Nachhinein bei klarerem Wissen zeigt, dass die ein oder andere Entscheidung nicht optimal war, liegt in der Natur von solchen Abwägungen. Aber darum darf es nicht gehen. Es entspricht nicht der Methode der Wissenschaften, am Anfang schon alles über einen neuen Gegenstand oder eine neue Erscheinung zu wissen. Vielmehr folgt sie einer Methode, die den Status quo unseres Wissens ständig hinterfragt, so dass wir in einer nicht endenden kritischen Reflexion unseres gegenwärtigen Denkens, Erkennens und Meinens mit der Zeit immer besser Bescheid wissen. Weniger geduldigen, von ihrem eigenen Wissen stets zu 100 Prozent überzeugten oder allgemein von starken Botschaften getriebenen Zeitgenossen ist dieser mühsame Weg, den Dingen auf die Spur zu kommen, nicht leicht zu vermitteln. Was in der Wissenschaft Normalität ist, nämlich, dass jede Erkenntnis innerhalb der Community immer auch angezweifelt und kontrovers diskutiert wird, sorgt bei diesen Menschen für Verunsicherung - und erlaubt es Esoterikern und anderen Fanatikern unter ihnen leider auch, wissenschaftliche Erkenntnisse per se anzugreifen, gerade weil diese nie den Anspruch ewiger Wahrheit mit sich führen.

SCHABKARTONBILD VON ALICE JAKOB:

„Freiheit ist wohl eine der wichtigsten Bedürfnisse des Menschen. Man weiss nicht, wie man helfen soll, da der Schlüssel zur Befreiung, das eigene Gehirn, eingesperrt ist."

PATRICK MÜLLER

Patrick Müller wurde 1977 in Baar, Kanton Zug, geboren. Er absolvierte das Lehrerseminar in der Stadt Zug und war drei Jahre lang bei der Polizei tätig. Seit 2005 wohnt und arbeitet er als Maler und Schriftsteller in Zürich.

Stellen wir uns doch mal die folgenden Fragen: Wie schafft man es, die Gesellschaft radikal und global umzugestalten? Wie kann man die Art und Weise, wie wir leben, arbeiten und miteinander umgehen, grund-legend verändern? Wie ist es möglich, eine globale Transformation einzuleiten, die in ihrem Umfang und Komplexität alles übertrifft, was die Menschheit je gesehen hat? Wie wird ein System neu gestartet?

EIN TROJANER

DISRUPTIVER NEUSTART

Um ein System neu starten zu können, muss es zuerst runtergefahren werden, nicht wahr? Doch wie fährt man ein System runter?

Durch das Einschleusen eines Trojaners in Gestalt eines globalen Grossereignisses.

Ein Virus kommt dabei wie gerufen. Ein Virus, das eine epidemische Lage von nationaler Tragweite und eine „ausserordentliche Lage" auslöst, die den Regierungschefs die Befugnis einräumt, alle zur Abwendung der Notlage „notwendigen"

Massnahmen zu treffen. „Wir sind im Krieg", riefen die Regierungschefs unisono aus. Der Krieg gegen der Terrorismus wurde offensichtlich abgelöst oder ergänzt durch den Krieg gegen das Corona-Virus. Krieg gegen ein Virus? Es erscheint doch schon sehr absurd, Terroristen mittels eines Krieges zu bekämpfen.

Doch wie absurd ist es, einem Virus den Krieg zu erklären, ein Virus mittels Krieg auszulöschen, zu besiegen?

Die schockierenden und traumatisierenden Bilder fehlten auch bei diesem Trojaner nicht. Berge von Särgen in Italien, Militärfahrzeuge, die Leichen ins Krematorium fahren, menschenüberfüllte Spitalkorridore, das chinesische Militär sperrt Städte ab, Menschen fallen tot um...

Die Politiker warnen vor Millionen von Toten, die an diesem Corona-Virus sterben werden, dass jeder von uns jemanden kennen wird, der diesem Virus erliegen wird, und alle Politiker warnen seit Anbeginn, dass diese Pandemie erst vorbei ist, wenn es einen Impfstoff gibt...

LOCKDOWN! Ausnahmezustand. Bleiben sie zu Hause, alle! Social Distancing, Abstand halten, Hände desinfizieren, Maskenpflicht, Contact Tracing, Homeoffice, Homeschooling, Hamsterkäufe. Beifall klatschen für die Menschen an der Front, Quarantäne, Plexiglasscheiben, Zwangsisolation, Massentestungen, Risikoländer, wöchentlich neue Verordnungen, und da ist sie: die NEUE NORMALITÄT.

DIE GROSSE UMVERTEILUNG

Billionen von Dollars und Euros werden gedruckt und in die „Märkte" gespeist, Riesensummen werden verteilt und umverteilt, Millionen von Menschen wird die Kurzarbeit verordnet, die kleinen und mittelgrossen Geschäfte sind oder werden ruiniert, Arbeitslosigkeit in „zukunftsuntauglichen" Branchen und die „zukunftstauglichen". Pharma-, Technologie- und Finanzkonzerne machen den Deal des Jahrhunderts.

EIN TRAUM FÜR DEN ÜBERWACHUNGSKAPITALISMUS

Abgesehen davon ist das Contact Tracing ein Traum für den Überwachungskapitalismus und mit den Abermillionen von personenbezogenen DNA-Abstrichen, die durch die Corona-Tests erfolgen, liesse sich bestimmt auch ein lukrativer Markt auftun.

Aldous Huxley erklärte 1958 in einem Interview: „Vor etwa 30 Jahren schrieb ich die utopische Fantasie The brave new world. Es war eine Fantasie über eine Gesellschaft, in der jede Anstrengung unternommen wurde, das Produkt Mensch zu standardisieren, um innerhalb eines Kastensystems eine Art von wissenschaftlicher Diktatur zu errichten. Damit sollte eine völlig regulierte und geordnete Gesellschaft entstehen. Damals dachte ich The brave new world läge mindestens 500 Jahre in der Zukunft. Aber schon 30 Jahre später begann ich zu entdecken, dass viele der Dinge bereits begannen, Tatsache zu werden (...). In dem Masse, wie die Technologie fortschreitet, wird auch die Organisation immer komplexer und gleichzeitig immer mehr zentralisiert. Das Resultat dieser Entwicklung ist zunächst einmal, dass die Kontrolle über die Menschen immer mehr und immer vollständiger in die Hände von Big Business und Big Government übergeht, das heisst, in die Hände der Konzerne und der Regierungsspitzen. Und zweitens wird das Individuum immer mehr seiner unabhängigen Aktivität beraubt und wird immer mehr zu einem Rädchen in einer gewaltigen Maschine der Organisation (...).

Ich fürchte, dass mit den wissenschaftlichen Diktaturen der Zukunft die Entwicklung immer mehr und mehr in diese Richtung läuft. Das heisst, es wird eine Gesellschaft entstehen, in der die Bedingungen wirklich unmenschlich sind. In der aber die Seelen der Menschen so manipuliert werden, dass die Menschen die Erniedrigung und endgültige Versklavung nicht nur akzeptieren, sondern sie geradezu lieben. Bedingungen, die die Menschen eigentlich ablehnen und hassen sollten.

MAJA SCHWEIZER

Maja Schweizer, Jg. 69, fühlt sich so schweizerisch, wie es auch der Name sagt. Sie ist im Kanton Aargau aufgewachsen, lebt mit ihrer (Hunde-)Familie in der Zentralschweiz. Als Autorin schreibt sie Sachbücher und Biografien. Mehr Infos auf www.majaschweizer.ch

CO_GESELLSCHAFT

Am Anfang war plötzlich alles anders
Mir fehlte die Zeit, um über Corona nachzudenken
Ich tat, was gefordert wurde

Am Anfang war es kontaktlose Entfernung
Mir fehlten Begegnungen und Begrüssungsrituale
Ich tat, was gefordert wurde

Irgendwann wurden die Abstände zur Gewohnheit
Ich entdeckte, Respekt in bewussten Begegnungen
Warum sehen das die anderen nicht?

Irgendwann hörte ich Klagen über Verbote und Einschränkungen
Ich entdeckte, (eigen-)verantwortliches Handeln
Warum sehen das die anderen nicht?

Am Anfang war es Corona,
was mich nachdenklich stimmte,
heute ist es die Gesellschaft.

URSULA VONESCHEN

Jg. 1980, verheiratet, aufgewachsen in Zürich und Chur und nun am wunderschönen Zugersee zuhause.

Als Kind ging meine Mutter mit ihrer Mutter Heilpflanzen sammeln, und die beiden haben seit je her die gängigen Beschwerden mit Hausmitteln kuriert. Meine Mutter arbeitet heute als Krankenschwester und Aromatherapeutin. Dieser Einfluss hat natürlich auch mich stark geprägt.

Nun bin ich selber 3fache Mutter und unterstütze unsere Gesundheit mit natürlichen Mitteln. Nach der Geburt unserer jüngsten Tochter beschloss ich, meine Kenntnisse zu erweitern und erlangte im Jahr 2016 nach 2jähriger Ausbildung das Anwenderzertifikat in Homöopathie. Homöopathie begleitet mich noch immer, aber ich lege auch sehr gerne selber Hand an und helfe aktiv mit. So bilde ich mich ständig weiter, und im Januar 2018 schloss ich das Diplom als Aromafachfrau mit sehr gutem Erfolg ab. Meine Diplomarbeit handelte – Sie können es sich vorstellen – von der duftenden Hausapotheke. Natürlich bin ich noch lange kein Profi. Dafür pragmatisch. Und genau aus diesem Grund kann ich mit vielen einfachen und bewährten Tricks aufwarten, die ich gerne weitergebe.

DIE CORONA-ZEIT AUS DER SICHT EINER 3-FACHEN MUTTER

DER ANFANG

Ca. Mitte Februar 2020 begann das Rumoren: Als man die ersten Berichte über die neue Grippewelle aus China las und hörte, machte ich mir keine grossen Sorgen. Alle paar Jahre gibt es eine spezielle Grippewelle (Schweinegrippe, Vogelgrippe, ...), und alle gingen ohne etwas davon zu bemerken an uns vorbei. Dann gab es aber die ersten Fälle in Italien, plötzlich überfüllte Spitäler und ein kollabierendes Gesundheitssystem und viele Horror-Berichte (die ich grösstenteils ignorierte). Die Grippe kam näher. Mir war jedoch noch absolut wohl zu Mute. Ein starkes Immunsystem und unser Alter werden uns schützen – Grippe hin oder her. Unsere Fasnacht, inklusive Kinder-Umzug, fand am 20. Februar noch normal statt. Doch dann gab es erste Fälle in der Schweiz, und die Medien begannen Panik zu schüren. Spitäler wurden aufgerüstet, Atemgeräte, Desinfektionsmittel und Schutzmasken bestellt. Auch die sozialen Medien berichteten über nichts anderes mehr, so dass die Unsicherheit wuchs. Die Leute hamsterten WC-Papier und Wasser (im Falle eines Virus nicht meine erste Wahl), ich füllte lieber meine Naturapotheke auf. Ich hatte am Wochenende (6. – 8. März) noch einen Destillierkurs in Klagenfurt (A) gebucht, zusammen mit einem befreundeten Ehepaar. Die haben dann abgesagt, weil sie einen vermeintlichen Coronafall an der Schule der Tochter hätten (die Familie war offenbar in Italien und kam mit Fieber zurück), und die Tochter es nun auch kriegen würde. Ausserdem hätten sie Angst, dass sie nicht mehr nach Hause könnten und isoliert würden, wenn die Grenzen schliessen würden.

Mir war der Kurs sehr wichtig, stand ich doch kurz vor der Aromatherapie-Abschlussprüfung, und das Hydrolate-Modul der Schule wäre erst nach der Prüfung fällig gewesen. Absagen war für mich keine Option. So buchte ich meine Flugreise zur Zugreise um (das war mir eh lieber). Mein Mann brachte mich mit dem Auto über die Grenze, so dass ich den Zug nach Klagenfurt frühmorgens rechtzeitig erreichen konnte, und wir übernachteten gemeinsam in Dornbirn. Ausserdem kamen Jürg und die Kinder mir nach Innsbruck entgegen, so dass ich nur eine Nacht alleine in Klagenfurt verbringen musste. Ganz wohl war mir nämlich nicht. Aber was für ein entspannendes Wochenende! In Österreich war nichts von der Panik in der Schweiz bemerkbar, und alles lief rund.

Zurück in der Schweiz ging das Drama aber weiter. Händeschütteln war nicht mehr erlaubt, die Kinder mussten in der Schule ständig die Hände desinfizieren und kamen mit rissiger Haut nach Hause. Svenja durfte im Kindergarten keine Klatsch-Spiele mehr machen, Desinfektionsmittel war nur noch schwer erhältlich, bzw. dann überall ausverkauft, etc. Am 9. und 11.3. gab ich noch Aromatherapie-Kurse an der Klubschule und beim Frauenverein im Quartier. Da konnten einige Leute vom Wissen um ätherische Öle noch dankbar profitieren. Dann ging es Schlag auf Schlag. Plötzlich machte das Tessin dicht, und es hiess, die Schulen könnten geschlossen werden! Laufend wurden immer mehr Termine abgesagt (Zirkusschule, Chorlager von Daria). Die ersten Lagernächte für Daria, worauf sie sich sehr gefreut hatte. Veranstaltungen, Kindergeburtstage, Ferien und andere Veranstaltungen wurden annulliert. Die Agenda leerte sich zunehmend. Am Freitag (13.3.) telefonierte ich mit meiner Mami, und sie erzählte mir, dass auch in Graubünden das Einkaufen nur noch bis am morgigen Samstag (14.3.) möglich sei. Tatsächlich kam am gleichen Tag (Freitag) dann auch die Meldung, dass wegen der Ansteckungsgefahr und der schnellen Verbreitung ab nächster Woche die Kinder nicht mehr zur Schule dürften. Wir hatten noch ein Elterngespräch in der Schule und Alena konnte ihr Schulzeug gleich mit nach Hause nehmen, ein seltsames Gefühl.

Und ganz wichtig: Da es hiess, man dürfe vielleicht bald das Haus nicht mehr verlassen, plante ich am Montag mit meinen Kindern, die ja jetzt schulfrei hatten, einen Grosseinkauf in den Migros Do-it (Wandfarbe zum Streichen unserer Terrassenwand, Pflanzenerde, Samen und spontan noch ein Balkonsofa, damit wir es zuhause auch möglichst gemütlich hätten) und zur Ikea (Blumenkistchen, Vorhänge). Ein bisschen doof kam ich mir schon vor, als ich den völlig überfüllten Einkaufswagen über den Parkplatz zu unserer Wohnung brachte, und ich erntete auch ein paar schräge Blicke. Das war jedoch ein weiser Entscheid von mir, denn er beschäftigte vor allem Alena und mich die ersten zwei Wochen, die man zuhause bleiben musste. Vor allem die Gärtnersachen wurden im Nachhinein von vielen, die sich nicht rechtzeitig eindecken konnten, schmerzhaft vermisst.

Ab dem Dienstag 17. März, am Tag nach meinem Grosseinkauf, waren dann ganz spontan auch bei uns nur noch die Läden zur Grundversorgung geöffnet. Jeden Tag wurde mehr geschlossen und «verboten». Die Stimmung veränderte sich zunehmend. Jeder wurde kritisch angeschaut, man traute sich kaum mehr zu husten oder zu niessen. Man grüsste sich kaum mehr, und man hatte das Gefühl, jeder sei angesteckt (nur man selber nicht). Das Misstrauen, die Verängstigung und auch die Unwissenheit waren gross. Viel wurde auch durch die Medien geschürt. Es gab 1000 «Experten», und jeder hatte eine andere Meinung. Und jeder bestand auf der Richtigkeit der eigenen Angaben. Von Horrorszenarien «80% der Schweizer werden angesteckt - das Gesundheitssystem wird kollabieren, es gäbe, wie in Italien, nicht mehr genug Spitalbetten» bis «alles nur erfunden, es ist nur eine normale Grippe» gab es alle Aussagen.

Am Mittwoch mussten dann die Schulkinder – zeitlich abgestimmt! – in der Schule alles Schulmaterial abholen. Wir Eltern sassen mit zwei Metern Abstand auf dem Pausenplatz, da die Kinder sich nicht alleine trauten zur Schule zu gehen und unterhielten uns darüber, was nun alles auf uns zukomme. Die Stimmung war gut, aber die Unsicherheit gross. Da die Inkubationszeit bis zu zwei Wochen beträgt, wusste niemand, ob und wer den Virus in sich trägt und mit was für Folgen. Eine sehr ungemütliche Ausgangslage!

Irgendwann habe ich mit unserer Nachbarin, die im Spital arbeitet, abgemacht, dass ich auf ihre zwei Kinder aufpassen könnte, wenn sie jeweils am Morgen am Arbeiten ist. So war es dann auch. Ab Donnerstag begann, noch ganz unkoordiniert und zögerlich, der Heimunterricht. Unsere 5. Klässlerin mit dem Laptop der Schule, die 2. Klässlerin und die Kindergärtnerin mit Anweisungen und Anleitungen per Mail.

Da meine Abschlussprüfung jedoch noch aktuell war und ich unter grossem Druck stand, büffelte ich selber jeden Abend. Dann wurden nach und nach meine noch ausstehenden Aromatherapiekurse gecancelt, dann auch meine Hotelübernachtung, und fünf Tage vor meinem Abschluss dann auch die Prüfung selber. Ich fiel nach der intensiven Hochdruckphase in ein richtiges Loch. Seit September war ich praktisch ununterbrochen mit der Diplomarbeit und nachher mit dem Lernen beschäftigt und schob mein ganzes Leben auf, auf die Zeit nach der Prüfung. Nun war da keine Prüfung mehr. Da wir gemäss der 5-Personen-Regel mit der Aufsichtsperson eine Person zu viel waren. Jürg ging hingegen immer noch normal arbeiten.

Die Massnahmen zogen aber an und liessen nicht mehr viel Luft zum Grübeln: Wir gingen wirklich nur noch zum Einkaufen und für einen Spaziergang nach draussen, das Homeschooling wurde strenger und koordinierter, an den Wochenenden blieben wir ganz zuhause (was nicht von allen so gemacht wurde, puh waren da teilweise viele Leute unterwegs, wobei auch dies immer mehr abnahm). Kontakt sollte gemieden werden. Auch unsere Älteste durfte niemanden mehr treffen. Da hatten die jüngeren zwei mehr Glück, dass wir mit der Familie aus dem Haus eine „Infektionsgemeinschaft" gründeten. Sie spielten ununterbrochen mit ihren zwei Freundinnen, entweder bei uns oder bei ihnen, sie konnten zusammen Schule, bzw. Kindergarten bei uns zuhause machen und beieinander übernachten.

Die ersten 2 – 3 Wochen habe ich nachmittags viel mit Alena gearbeitet. Die 5. Klässler hatten am Morgen Unterricht nach Wochenplan und durften sich für die Nachmittage ein freiwilliges Projekt aussuchen, an dem sie arbeiten wollten. Dieses musste dann dokumentiert und dem Lehrer geschickt werden: Wir bauten Blumenkistchen und das Balkonsofa zusammen, schleiften und malten unsere Terrassen-Wand an, bepflanzten alle Töpfe frisch, kochten und backten (ab dem 16.4. mit dem neu bestellten Thermomix), pflegten den Hermann-Kuchen, spielten Gesellschaftsspiele, schauten ab und zu mal eine Dokumentation oder lasen. Ich habe die Zeit mit meiner Grossen genossen, war sie doch während der «normalen Schulzeit» nicht mehr so oft zuhause (Schule, lernen, Hausaufgaben, Hobbys und Freundinnen nehmen je länger je mehr Platz ein) und wir hatten so richtig viel Mami-Tochter Zeit. Ein bis zweimal pro Woche gingen wir oder ich zu Fuss mit dem Einkaufswägeli in den Coop City zum Grosseinkauf. Und manchmal zu Fuss oder mit dem Velo auf eine kleine Runde. Während den ganzen Tagen schien die Sonne, wir hatten aussergewöhnlich gutes Wetter diesen Frühling.

SCHULFERIEN

Am 10.4.20, dem Karfreitag, war noch nicht klar, wie es nach den Schulferien am 27.4. weitergehen würde. Alena hätte Klassenlager. Momentan war der Lockdown erst bis zum 19.4. festgesetzt. In den Schulferien kamen die Nachbarsmädchen weiterhin zu uns, und wir machten eine Weltreise. Jeden Morgen um 9 Uhr (Lockdown-Schulbeginn-Zeit) schauten wir eine Dokumentation zu einem gewählten Land, und wir malten die Flaggen, kochten entsprechende Menüs, hörten entsprechende Musik und tanzten. Das war zumindest der Plan 😉. Meistens blieb es beim Film und der Flagge. Aber es war spannend und wir führen es auch jetzt teilweise noch ein wenig weiter. Wir kamen in so exotische Regionen wie Papua Neuguinea, Vietnam, Guayana, Guadeloupe, Azoren, Elfenbeinküste, aber entdeckten auch weniger Exotisches wie England, Sardinien, Korsika, etc. Ansonsten unternahmen wir nicht viel. Bis Mittag waren wir mit Doku und Spielen beschäftigt, dann gab es Essen, und dann spielten die Mädels draussen weiter. Das war ja zum Glück nicht verboten. Manchmal gab es auch eine kleine Velotour, einen Spaziergang der Lorze entlang oder einen Ausflug in den Wald. Mit den ersten Lockerungen am 17.4. wurde bekanntgegeben, dass sich Kinder wieder in Gruppen von mehr als fünf Personen treffen dürfen, so dass auch Alena sich einmal pro Woche wieder mit ihrer besten Freundin treffen durfte. Auch Coiffeure, Zahnärzte und andere Institutionen durften ab dem 27.4. wieder öffnen. Schule «normal» gibt es jedoch erst ab dem 11.5. wieder. Nach Bekanntgabe dieser Lockerungen steigt die Stimmung und die Vorsicht wurde weniger. Überall treffen sich die Leute wieder draussen und geniessen die Sonne. Die zwei verbleibenden Wochen Home-Schooling kriegen wir auch noch hin.

LANGSAME RÜCKKEHR ZUR «NEUEN NORMALITÄT»

Am 8.5.20, ist im Kanton Zug der vorerst letzte Home-Schooling Tag. Ab dem Montag haben unsere Kinder wieder normal Schule gemäss Stundenplan. Bei unseren Cousins in Zürich ist es jedoch ganz anders. Dort wird in Halbklassen unterrichtet (und nicht alle Kinder einer Familie an den gleichen Tagen ...), und Religion, Schwimmen und Turnen finden noch nicht statt.

Normal ist es bei uns trotz weniger Einschränkungen jedoch trotzdem noch nicht: Die Lehrer sitzen hinter Plexiglasscheiben und Händeschütteln, und Kontakt ohne 2 meter Sicherheitsabstand ist zwischen Kindern und Lehrer nicht gestattet. Eltern dürfen nicht in die Schule (Besuchstage, Abschlussfeste werden abgesagt) und auch private Kurse (Schwimmkurse, Schulsport, etc.) finden noch nicht wieder statt. Aber die Kinder sind glücklich ihre „Gschpönlis“ und Lehrer wiederzusehen, die haben sie ganz fest vermisst.

VORTEILE DES LOCKDOWNS

- Schulbeginn um 9 Uhr, das heisst jeder ist von sich aus und gut gelaunt aufgewacht und am Abend gab es keinen Stress: Herrlich! Ich glaube das war für mich das Beste an der Corona Zeit!

- Kein Fluglärm, wenig Verkehr, auch das war sehr schön.
- Mein Mann war viel zuhause (Homeoffice).
- Es war praktisch immer schönes Wetter und die Tage wurden länger. Wir konnten auf dem Balkon und draussen fast jeden Tag Vitamin D tanken, das hat es einfacher gemacht.
- Keine Termine.

WO WIR VERZICHTEN MUSSTEN:

Eigentlich gar nicht. Wir hatten das Glück, dass wir gesund blieben und nicht einsam waren. Auch Jobsorgen und Existenzängste hatten wir glücklicherweise keine. Natürlich hat die unsichere Situation manchmal Angst gemacht. Krisenszenarien habe ich bestmöglichst zu ignorieren versucht. Gerade die zwei Wochen, in denen die Zahlen stetig anstiegen waren sehr, sehr ungemütlich für das Wohlbefinden. Aber grundsätzlich sind wir gesegnet, dass wir genug Platz haben und gesund blieben. Und dass wir eine Familie haben, die zusammen durch dick und dünn geht. Wir sind ein tolles Team.

SOMMERFERIEN 2020

Die «neue Normalität» ist teilweise ziemlich anstrengend. In den Schulferien hiess es, man solle doch in der Schweiz bleiben und die hiesige Wirtschaft unterstützen. Eigentlich hätten wir geplant, als Familie einen Sprachurlaub in Spanien zu verbringen, da wir im Frühling 2021 einen längeren Aufenthalt in Ecuador plan(t)en, um nach mehr als zehn Jahren endlich wieder den südamerikanischen Teil unserer Familie zu besuchen. Das Gesuch, die Kinder aus der Schule zu nehmen, wurde nach dem Lockdown bereits bewilligt, aber ob der Plan sich durchführen lässt, steht in den Sternen. Genau dieses «in den Sternen stehen» ist das, was das Leben zurzeit prägt. Auslandaufenthalte lassen sich nicht mehr längerfristig planen (für uns als «moderne Nomadenfamilie» ein wichtiger Wohlfühlfaktor, auch wenn es ein Luxusproblem ist). Alles wird nur mehr sehr kurzfristig organisiert. Kann im Oktober eine grössere Geburtstagsparty stattfinden? Soll ich mich für einen Kongress im November im Ausland anmelden? Wo gibt es Quarantäne? Wo ist ein Risikogebiet? Nachdem wir in unseren Schweizer Campingferien eine Woche verregnet wurden, beschlossen wir äusserst kurzfristig, ein paar Tage nach Südfrankreich zu fahren. Das war die beste Entscheidung. Maskenpflicht in Läden und wenn man sich im Restaurant bewegt, ansonsten war die Stimmung entspannt, und wir hatten weniger Kontakt als in den engen Schweizer Bergbahnen und auf den Wanderwegen. Diese Auszeit war ganz erholsam und wichtig für die Seele.

SCHULBEGINN UND AUSSICHTEN

Im August beginnt die Schule wieder. Unsere Erstklässlerin durften wir nur zum Pausenplatz bringen und dort den – unbekannten – Lehrern übergeben. Zum Glück ist unsere jüngste Tochter selbstständig und selbstbewusst und hat die Situation hervorragend gemeistert. Und da wir schon zweimal die besondere Stimmung eines ersten Schultages erleben durften, war es auch für uns Eltern nicht so tragisch, dass wir nicht ins Klassenzimmer mitkonnten. Auch unsere älteren zwei Mädels haben neue Lehrer und gehen zum Glück gerne in die Schule. Maskenpflicht für Lehrer, Visiere, Händewaschen, Garderobenbelegungsplan für Turnen/Schwimmen und andere Voraussetzungen waren gleich wie auch vor den Ferien. Elternabende finden statt, aber nur ein Elternteil darf – je nach Lehrer – zwingend mit Maske (oder freiwillig oder ohne) die Informationen abholen. Ein Kennenlernen und gemütlicher Schwatz mit anderen Eltern macht bei dieser Situation nicht wirklich Spass. Besuchstage sind vorerst nicht möglich, bzw. man darf - auf Voranmeldung - an einem bestimmten Datum mit einer Maske eine Stunde ins Schulzimmer sitzen. Seltsam, denn Clubbing und Barbesuche waren möglich. Dort, wo alle auf engem Raum tanzen, schwer atmen und schwitzen. Auch Sportanlässe und Konzerte wo Aerosole nur so durch die Luft wirbeln, durften unter Auflagen wieder durchgeführt werden. Naja, Prioritäten werden teilweise seltsam gesetzt. In leeren Zügen herrscht Maskenpflicht. Im Kanton Zürich auch in den Läden, in Zug bisher nicht. Der Kantönligeist führt zu grossen Differenzen in der Handhabung und Durchsetzung der Corona-Vorschriften. Es wird so viel getestet wie noch nie (was das alles kostet?). Die Neuinfizierten haben jedoch oft wenig bis keine Symptome, Spitaleinweisungen und Todesfälle sind zum Glück nicht so häufig. Das durchschnittliche Sterbealter liegt immer noch bei 85 Jahren, das ist älter als die Lebenserwartung in fast allen Ländern (inklusive der Schweiz, wo Frauen 85,4 Jahre und Männer 81,7 Jahre alt werden im Schnitt). Natürlich ist sterben nicht lustig und sterben an den Coronas-Symptomen stelle ich mir wirklich übel vor. Aber sterben gehört zum Leben dazu. Welchen Preis zahlen wir für die Abschwächung der Pandemie? Die allgemeine Stimmung verschlechtert sich, die Volksmeinungen driften auseinander. Einige sagen, Masken bringen nichts, die Corona-Tests sind nicht aussagekräftig, da sie nur die Nukleinsäure nachweisen und nicht das Virus selber. Andere schüren Panik und möchten am liebsten einen zweiten Lockdown. Die Gereiztheit und Aggressivität und die soziale Distanzierung löst etwas Ungutes aus. Die ganze Lage wie sie ist macht etwas mit uns.

Im Moment ist herrliches Spätsommerwetter mit viel Sonne und noch ohne Nebel. Wo die Situation hinführt und wie wir den Winter verbringen, wenn dann auch eine «normale» Grippewelle wiederkommt, möchte ich mir im Moment lieber nicht vorstellen. Ein Gedanke aus Elternsicht: Das eine oder andere unserer Kinder war die letzten Jahre den halben Winter über erkältet. Wenn sie so nicht in die Schule dürfen und die Eltern deswegen auch zuhause bleiben müssen, bin ich ja gespannt, wie die Wirtschaft reagieren wird … Das gibt dann so etwas wie einen zweiten, nicht angeordneten Lockdown. Von all den Depressionen und Suizidgedanken wird auch nicht gesprochen … Ich kenne mehrere Personen, die nun seit mehr als einem halben Jahr im Homeoffice sitzen. Familienväter und Alleinstehende. Gerade für zweitere ist es wahrscheinlich nicht lustig. Ich bin sehr, sehr froh um meine Familie! Um unsere kleine heile Welt. Letzthin habe ich den provozierenden Satz gelesen: «Wenn in den Medien nicht über Corona berichtet worden wäre, hättest du etwas davon bemerkt?». Dieser Satz regt mich zum Denken an. Ich muss klar mit «Nein» antworten. Ich kenne zum Glück keine Betroffenen. Unseren (Gross-)Eltern geht es gut. Wie oben schon geschrieben, wir sind bis jetzt glimpflich durch diese strube Zeit gekommen. Aber wo führt das alles noch hin? Sollte man vielleicht einfach aufhören zu testen und nur dann reagieren, wenn die Spitäler sich füllen? Wieder leben – ohne unterschwellige Gedanken an den Tod (der uns im Übrigen ja jederzeit einholen kann, egal wie)? Oder soll man weiterhin die jetzige «jeder Kanton entscheidet-nach-eigenem-Gutdünken»-Strategie fahren, die die Leute zermürbt und die Unzufriedenheit der beiden Lager ansteigen lässt? Mit unabsehbaren Langzeit-Folgen? Die Antwort steht wohl, wie immer, in den Sternen … Hoffen wir das Beste!

ROBERT JAKOB

Robert Jakob, Dr. rer. nat., Jahrgang 1957, wohnt in Unterägeri und hat Physik, Chemie, Volkswirtschaft und Kommunikationswissenschaften in Berlin, Wien sowie Stuttgart-Hohenheim studiert und jahrelang in verschiedenen staatlichen und industriellen Forschungsabteilungen als Immunologe und Mikrobiologe gearbeitet. Während seiner Zeit in Wien hat er u.a. bei Hans Strotzka studiert.

Als «Buchmacher» betätigt er sich gerne als Brückenbauer, der die Menschen zum Nachdenken und Schmunzeln bringt, sei es als Autor, Dozent oder Moderator. Seine Publikationstätigkeit reicht von Biochemie, über die Börse bis zur Belletristik.

SIND ALLE MENSCHEN UNSOLIDARISCH? EIN ESSAY ÜBER UNSER GEISTIGES GEFÄNGNIS

Vieles an der Coronapandemie erinnert an ein Hauen und Stechen. Das fing mit dem Horten von Grundnahrungsmitteln und Klopapier an und endet vorerst mit dem Kampf der „Herrschenden“ um den Impfstoff für ihre Untertanen. Jeder für sich und Gott gegen alle, heisst ein sarkastisches Sprichwort. Der Ausnahmezustand wird zum seelischen Normalfall. Für viele Menschen ist das beängstigend. Corona verunsichert. Denn einerseits ist die Gefahr wenig konkret, zumindest für diejenigen, die sich noch nicht angesteckt haben. Oder sie ist nicht mehr immanent für diejenigen, die Covid19 bereits hinter sich wissen, weil sie die Krankheit durchstanden haben. Ein Leben zwischen zwei Extremen. Das Unkonkrete am Virus übersteigt dabei die Grenzen des Individuums.

Die Attentate vom 11. September 2001 um 8 Uhr 48 und 9 Uhr 03 waren furchterregend, weil auf konkreten Aktionen beruhend. Corona ist dagegen ein Damoklesschwert. Man weiss weder, was auf die Gesellschaft als Ganzes zukommt, noch kann sich der einzelne Mensch vor dem unsichtbaren Feind sicher fühlen, weil er ihn ja nicht sieht, nicht hört, nicht riecht, nicht schmeckt, nicht fühlt. Das alles, obwohl die Bedrohung unmittelbar vor oder sogar hinter der eigenen Haustür lauert.

Entsprechend entstammen die menschlichen Reaktionen auf das neue Virus aus dem gesamten Arsenal der Psychologie der Angst:

Da gibt es den **Verdränger**, jene Person, die ausweicht, indem sie die Gefahr ignoriert. Denn die Angst wird als Ich-Verlust und Abhängigkeit erlebt. So ist gut zu erklären, weshalb selbst bestens informierte Zeitgenossen es offensichtlich und oft auch demonstrativ nicht ernst nehmen, wenn vor allfälligen Ansteckung bei sozialen Kontakten gewarnt wird. Ein Verhalten, das an den Beischlaf nach der Beerdigung erinnert, mit dem sich Paare ihrer Lebendigkeit versichern wollen. Nach einer feierlichen Bestattung tun sie damit nichts Schlechtes. Der Koitus ist hier die harmlose Form einer Bestätigung des Lebens. Das schizoide Verhalten des Coronaverdrängers hingegen trägt zur

Verbreitung des Virus' und damit möglicherweise zum eigenen und fremden Tod gleichermassen bei.

Wie aber sieht es am anderen Ende des Spektrums der möglichen Reaktionen aus?

Angst kann auch durch puren Aktivismus bekämpft werden. Politiker sind dabei die Protohysteriker, die auf alles einschlagen, was sich im Coronadschungel bewegt. Personen mit hysterischen Zügen versuchen ihr Gegenüber völlig zu beherrschen. Ihre Grundeinstellung ist dabei naiv bis unverbindlich. **Hysteriker** können alles relativieren und den Sündenbock überall draussen, nämlich vor allem woanders, suchen. Von skrupellosen politischen Machthabern kann dies als ideologische Projektionsfläche genutzt werden. Macht korrumpiert, und die Angst ist seit den Anfängen der Menschheitsgeschichte ihr endloser Treibriemen.

Kommt Ihnen das bekannt vor? Klar doch: Hysteriker sind oft die besten Verführer und Manipulatoren. Die Liste reicht von Hitler über Napoleon bis zu manchen bekannten Zeitgenossen. Es braucht gar nicht viel, und sie laufen zu Höchstform auf. Aber vor allem, wenn vieles auf einmal auf uns einstürmt, dann vermehren sich die Hysteriker fast so rasch wie die Viren.

Zwischen den beiden Extremen, den Hysterikern und den Verdrängern, hängen die Zwanghaften regelrecht wie die Aerosoltröpfchen in der Luft. Der **Neurotiker** ist dabei frei nach Woody Allen eher in der Stadt anzutreffen, wo er der realen Gefahr einer Infektion deutlich stärker ausgesetzt ist als auf dem Lande. So will es die virologische Logik. Der Bedrohung versucht der typische Stadtneurotiker durch Überkorrektheit Herr zu werden. Dazu zählt auch die hypochondrisch gesteigerte Selbst- und Fremdbeobachtung. In der Not klammert sich der Zwangsneurotiker an liebgewonnene Gewohnheiten. Denn plötzliche Veränderungen mag er nicht. Alles was genau bestimmt und abgezählt werden kann, beruhigt sein Gemüt. So verkriecht er sich hinter der vermeintlichen Sicherheit seiner Zahlen oder dem Gebet, was für ihn nur eine erweiterte Form des Abzählreims ist. Da der Neurotiker seine versteckte Aggression gegen sich selbst richtet, ist er für die Gesellschaft als Ganzes kaum schädlich, verhält er sich doch in diesen für alle schwierigen Zeiten meistens korrekt und selbstbeherrscht. Hin und wieder wird er zum Denunziant oder Besserwisser, das aber nur, weil er sich um die Menschheit als Ganzes Sorgen macht, also eigentlich aus edlen Motiven.

Wem das alles zu viel wird – ich meine damit nicht meine Psychoanalyse der Überreaktionen auf die Bedrohungen durch SARS-CoV-2 – wird depressiv. Der **Depressive** verkriecht sich in sein Schneckenhaus. Diese extremste Form der Hilflosigkeit ist kein individuelles Versagen. Es ist der schleichende Kollaps vor dem Kontrollverlust. Gerade die Bedrohung der befriedigenden Beziehungen zu den Mitmenschen oder der eigenen individuellen Ausdrucksmöglichkeiten, die ja beide vom Coronavirus direkt und vor allem indirekt zerstört werden, führen in die Depressionsfalle. Auch hier gilt: Nicht nur alte Menschen sind davon betroffen.

All diese psychologischen Mechanismen, die uns das Coronavirus aufdrängt, können gefährlich werden. Angst ist bekanntlich ein schlechter Ratgeber. Ursprünglich hat die Angst eine Warnfunktion, ähnlich wie der Schmerz. Aber wenn sie das Gehirn total umnebelt, kommt nicht viel Gutes dabei raus. Im besten Fall ähneln die Menschen dann Raymond, dem von Dustin Hoffman gespielten Autisten im Kinofilm Rain Man.

Man beobachtet glücklicherweise immer wieder, dass Menschen in bedrohlichen Situationen über sich selbst hinauswachsen, dass der tief verankerte Trieb, Hilfe zu leisten, obsiegt. Bei der Angst vor einer diffusen Bedrohung ist das allerdings schwierig.

Die schlimmste Form der diffusen Drohung in der Menschheitsgeschichte war nicht die Spanische Grippe, sondern die Pest. Sie wütete in mehreren Wellen. Von 1347 bis 1743 kamen in Europa etwa 100 Millionen Menschen um. Niemand wusste damals, woher die Seuche kam, was sie verursachte und ob sie je enden würde. Während der Pest gab es nur Verlierer und so gut wie keine strahlenden Helden. Die Angst war einfach überall.

Wir wissen doch schon Einiges und können das benutzen, um zu reagieren. Dieses Virus ist neu, und daher müssen sich nicht nur die Politiker, sondern auch die Forschung erst Stück für Stück mit ihm und der neuen Bedrohung vertraut machen. Fehleinschätzungen, die man wenig später wieder korrigieren muss, weil sie von neuen Forschungserkenntnissen überholt werden, sind dabei nicht die Ausnahme, sondern die Regel. Aber der Mensch ist lernwillig und zur Erkenntnis fähig. Damit wird die Angst greifbar, also auch angreifbar. Dann kann die grosse Coronavirus-Pandemie nur eine zzEpisode in der Menschheitsgeschichte bleiben, ähnlich wie die Spanische Grippe aber mit einer weit geringeren Schadensbilanz.

SCHABKARTONBILD VON ALICE JAKOB:

„Eine Depression fühlt sich an, als ob man sich selbst Stück für Stück verliert."

BENNO BRUM

Benno Brum wurde 1946 in eine grosse Familie, als zweitjüngstes von 9 Kindern in Wil, St. Gallen, geboren. Sein beruflicher Weg ist bemerkenswert. Nach der obligatorischen Grundschule wurde er Werkzeugmacher. Später holte er die Eidgenössische Matura nach und schrieb sich 1972 an der philosophischen Fakultät II der Universität Zürich zum Biologiestudium ein. Im Jahre 1982 promovierte er. Seine Postdoc-Zeit verbrachte er an der Yale University, School of Medicine, in New Haven in den USA. Danach arbeitete er für den Verein für Krebsforschung in Arlesheim und für Hoffmann-La Roche in Basel.

Brum ist Vater von zwei Kindern und lebt mit seiner Familie in Magden, Kanton Aargau. Erste Gedichte schrieb er schon vor 40 Jahren, in seinen letzten Studienjahren. Heute ist er pensioniert und holt seine Inspirationen in seiner «Klause» im Calancatal.

LYRIK IN DER CORONAZEIT

Ich habe viel nachgedacht über das Phänomen COVID 19, Corona, die Krone, über ihren Einfluss auf unsere Gesellschaft, auf die Politik, die Macht- und Ohnmacht und Ignoranz der einzelnen Menschen. Die Welt spielt verrückt. Es herrscht Krieg gegen das Kleinste und wie bei allen Kriegen, geht daraus kein Frieden hervor. Denn das Kleinste, auch so was wie Lyrik, haftet an allen Dingen, am Grossen und überlebt.

Für mich sind selbst Viren, eine Form des Lebens. Wenn sie auch obligate Parasiten sind, verdienen sie unseren Respekt. Ihre Ausrottung wird uns nicht gelingen. Die aufgezwungenen Masken sind keine Virenfilter, dafür sind die Maschen viel, viel zu weit. Wir Menschen sind nicht in der Lage uns gegen pathogene Keime ausreichend zu schützen, indem wir schnell unsere Hände waschen und «desinfizieren», das alles habe ich schon als Student in Kursen gesehen und erlebt. Im ÖV, der heute meist klimatisiert ist, hocken oder stehen die Reisenden zu Stosszeiten dicht nebeneinander. Auf der anderen Seite werden Kulturveranstaltungen verboten oder stark eingeschränkt, da grosse Abstände der Besucher eingehalten werden müssen. Die Menschen werden geteilt in Verlierer und Gewinner. Zu den Verlierern gehören u.a. die Kulturschaffenden, die Gewinner sind «systemrelevant», zu ihnen gehören die Chemischen Konzerne und ihre Zulieferer. All die getroffenen Massnahmen der Verantwortlichen (BAG, Politiker, Manager) gegen Corona, sind mangelhaft, inkonsequent und dadurch mehr als fragwürdig, sie sind nichts als eine Verlegenheit, ein Ärgernis für viele. Aus meinen Gedichten spricht meine persönliche Überzeugung als Mikrobiologe. Das Schöne an Corona sehe ich in der Ruhe, die sie brachte und noch bringt, in der Einsicht, dass nicht alles beherrschbar ist, dass wir Menschen limitiert sind.

Ich habe vier Gedichte über Corona geschrieben. Die Titel sind: Kronenverbeugung, Ruf der Kronen, Kronenfall, kronenrausch.

KRONENRAUSCH September 2020

heiss fühlen sich die wangen an
vor den linsen flackert ein licht
wo bin ich
wo steh ich, wo fall ich hin
es rüttelt und schüttelt
beim wandeln durch gänge und türen
da sitz‘ ich auf sitzen auf schweiss und auf müll

beweg’ mich immer zwischen zwei punkten
die schielen wie augen aufs ziel
der blassblauen masken kühl

wo bin ich
wo war ich

doch nur im gedränge der s-bahn
wo masken modern im zugwind der speichel
verdammt die Krone zu lecken

KRONENVERBEUGUNG März 2020

Die Krone ist für Menschen gemacht
Sie krönen das Grosse wie auch das Kleine
wollen oder meiden keine bestimmte Gewalt
ausser die gerade verneinte

Zu ihr blicken sie auf oder herab
aus Angst Zwang oder Neid
dabei achten sie stets auf die goldenen Zacken
ob sie noch glänzen oder brechen bald
nie finden sie einen besseren Halt
als den gerade gefassten

KRONENFALL September 2020

gefallene Engel auf Erden?
oder ist es eher der Mensch
der kein gefallen findet an sich dem gefallenen
Stein aus der Krone
weit entfernt von Würde und Macht

ach - wir Diener der Herren
wir Helden der Könige
wir Götter
Opfer der eigenen Bilder

könnten wir die eine Ikone schaffen
statt der Masken Distanz und das Verachten
von Viren Mikroben Pflanzen und Tieren
wir wären erlöst von allem Leid
von Engelmenschen die fallen
wir wären eins mit allem Sein

RUF DER KRONEN März 2020

krönt doch keinen Zwerg
ein von der Mutter verstossener
und immer neu abgestossener

er spukt nur umher
will sich behaupten
mit Krone und Schwert

will siegen über das
was ihn hemmt
die Macht des Grossen

Nähe bringt viel
doch den Raum den er liebt
liegt in den Sternen

er will fliegen nicht kriechen
scheitert an seinen stumpfen Zweigen
und landet im Sumpf seines gleichen

die Mutter Erde wird kommen
und alle heimsuchen
die ihn aufgenommen

und es wird still werden auf Erden
auf der ein Zwerg an Scherben klebt
bis ihn ein letzter Ruf zum wahren Aufbruch hebt

REGULA AEPPLI

Ich bin eine Jahrgang 63erin und Mutter von drei erwachsenen Kindern.

Seit 1987 bin ich glücklich verheiratet mit Andy, Autorin, Hobbyfotografin, begeisterte Ganzjahreswanderin, Schwimmerin, Line Dancerin, Mitarbeiterin für Kindergottesdienste, Malerin, Lebenskünstlerin, da in diversen Teilzeitjobs aktiv.

Ab dem 28. Oktober 2020 ist mein erstes Büchlein mit fünf Kurzgeschichten für Kinder «Geheimnisvolles Nidwaldnerland - Mysterious Nidwaldnerland» im Handel erhältlich. Die Geschichten sind zweisprachig und mit meinen Fotos illustriert.

CORONA – DIE KRONE (ITAL. U. POLN.)

Made in China, über Italien, wandert Corona, die Krone um die Welt.
Da ist nichts, das diesen Virus hält.

Der Mensch, Krone der Schöpfung genannt,
wurde überrannt und verliert jeden Halt.

Hat die Krone der Schöpfung gern alles im Griff,
sagt sie nun «hust und sniff».

Sie hasten nach Masken, hamstern Konserven und Reis.
Ganz egal ist mittlerweile der Preis.

Kopflos rennen sie zu Notaufnahmen und Angst breitet sich aus.
Was für ein Irrenhaus!

Auf Psalm 91 stützend, sagen Christen, kann Corona uns nichts anhaben,
dass auch wir Krankheit erleben, wollen sie nicht wahrhaben.

Denn auch für Gottes Kinder gibt's eine Nacht,
nur ist da Einer, der über alle wacht.

Er ist mitten in der Dunkelheit das Licht.
Das ist anders, als wenn ich sage: das Dunkel gibt es nicht.

Nicht dass es nie stürmt in meinem Leben, ist verheissen,
aber die Flut wird mich nicht fortreissen.

Da ist EINER mitten im Sturm, der vermag zu tragen.
Das ist der Grund, nicht zu verzagen.

Auch ein Christ kennt blutige Knie,
denn dass ich nicht falle, das verspricht er nie.

Aber er tröstet, gibt Kraft zum weitergehen.
Du darfst sichergehen, du wirst nicht verlorengehen.

Nicht dass wir nie sterben, ist uns verheissen,
aber aufzuerstehen, denn Er wird den Tod zerreissen.

Auch du wirst immer wieder fallen und deine Krone im Dreck verlieren.
Gott gibt sie dir wieder, ermutigt und stärkt, das sollst du dir notieren.

Schicksalsschläge und Viren haben nicht das letzte Wort.
Unser Gott ist ein sicherer Zufluchtsort.

1. März 2020

ROBERT JAKOB:

FÜR ALLE DAHEIMGEBLIEBENEN UND OPFER DES SOCIAL DISTANCING: HUMOR BRAUCHT ES AUCH IN CORONAZEITEN.

„Der Immunologe Beda Stadler sieht auch beim Sprechen das Risiko einer Ansteckung mit dem Coronavirus. Gerade bei der Schweizer Dialektsprache. Tröpfcheninfektionen bedeuten, dass theoretisch eine Ansteckung auch beim Reden möglich sei“, so zitiert die Aargauer Zeitung den Wissenschaftler: „Dass im Schweizerdeutschen beim Sprechen viele Kehllaute benutzen, ist zusätzlich ungünstig“, so Stadler.

Deshalb hat der Landtwing Verlag in Zusammenarbeit mit dem Schweizerischen Idiotikon und dem Bundesamt für Gesundheit eine vereinfachte Sprache entwickelt, welche durch Verdammung gefährlicher Kehltöne und weiterer sogenannter „Postillon-Laute“ das Infektionsrisiko senkt.

Schweigen ist Silber, gut reden und schreiben ist Gold.

In einem ersten Schritt hat sich der Verlag daher entschlossen, die sogenannten Schweizer Gutturalkonsonanten C, G, H, K aus dem hauseigenen Wortschatz zu tilgen.

Wir waren positiv überrascht, wie sehr sich die Glättung der Sprache sowohl in der 2-Meter-plus – Kommunikation (mit Kunden und Autoren) als auch im geschriebenen Alltag (zurzeit also im Homeoffice) auszeichnete. Unsere Sprae und Seibe wurden ommuniativer, und au was die Ästeti betrifft, runder, latter und söner. Wir fülten uns im Eins zu Eins -ontat und online viel sierer.

Da wir wenier Text benötiten, wurde unser Layouter Otto Sär ser entlastet. Die Verlasleiterin Ursula Landtwin entschied sic daer soar die Spu-onsonanten F und P zu streien. Sie and sie sowieso störend und zu eärli in oronazeiten. Dem stimmten die Autoren aus dem Landtwin-Verla zu. Verena eus genauso wie Anes Zender. Au der Wiedererennunswert von Bernadette Saller, Ursula Vonesen und Mirjam Wii blieb eralten. Siessli ommt es au die Vornamen an. Benno Brum at überaut nix von allem gemert.

Mit jetzt nur no 20 statt 26 Bustaben sreiben wir Autoren jetzt au viel sneller und brinen eine öere Informationsdite ro Seite rüber. Das alles im Dienst an unseren vielen Lesern.

Robert Jaob

Das Satirebuh ....

ann beim Landtwin Verla bestellt werden.

ERFAHRUNGSBERICHT DES MITAUTORS UND MITHERAUSGEBERS ROBERT JAKOB, DER SEHR SCHWER AN COVID-19 ERKRANKTE UND DARÜBER BERICHTET.

Mein Autor Robert Jakob wurde Ende des letzten Jahres mit SARS-CoV-2 infiziert. Hier lesen Sie von ihm gleich die dramatische Beschreibung eines Teils seiner Erlebnisse.

Es war ein harter Weg zurück ins Leben. Er brauchte lange, um seine Vor-Corona-Form zurückzugewinnen. Seine klare Analyse und seine spitze Feder hat er nicht eingebüsst.

Ich bin unendlich froh und dankbar, ihn wieder gesund und munter im Verlag zu sehen.

Ursula Landtwing

ENGEL IN GRÜN

Dass es ausgerechnet mich, den grossen Kritiker der Coronaleugner erwischen würde, ist wohl ein besonders dreister Würfelwurf des Schicksals.

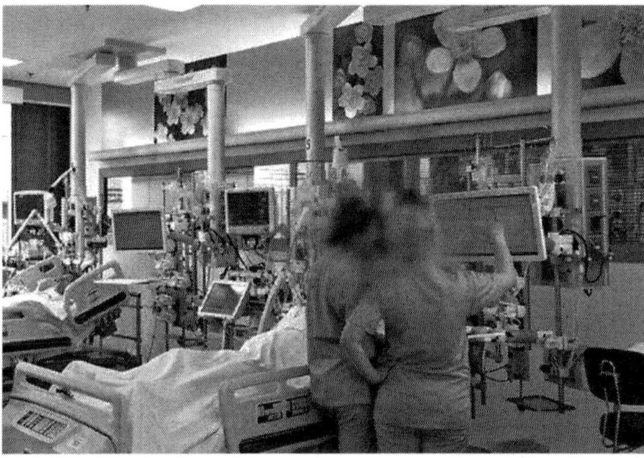

Trotz eines BMI von zwanzig und mit einer extrem hohen Vitalkapazität der Lunge „gesegnet“, brauchte es „Engel in Grün“, um mich zu retten.

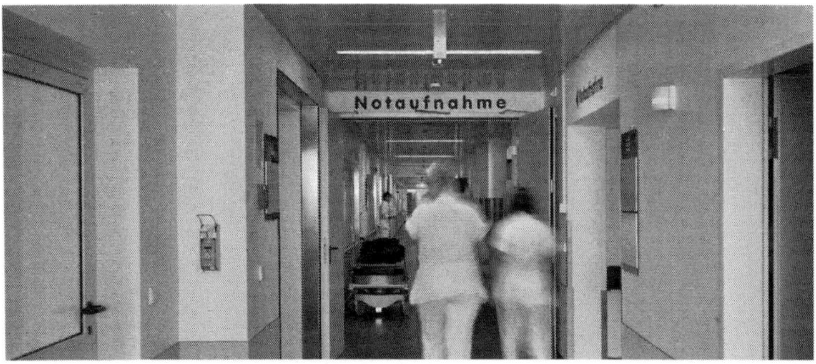

Auf dem Weg zur Notaufnahme

Wie hatte ich mich wohl angesteckt? Aus einem Fünfpersonenhaushalt kann man keine Statistik ziehen. Aber es gibt eindeutige Indizien:

Meine Frau Anne wurde wahrscheinlich in Erfüllung ihrer Pflicht als Pflegefachfrau infiziert. Alle anderen Haushaltsmitglieder waren zehn Tage in Quarantäne und trugen rund um die Uhr Maske. Sie hatten so gut wie keinen Kontakt zu ihr. Das Essen wurde Anne vor die Tür gestellt, und ihr wurde ein eigenes Badezimmer reserviert.

Wo kommen die vielen Virionen (Virenbabys ausserhalb der Zelle) her?

Das bedeutete mehrmals am Tag trotz Lüften und konstantem Abstandhalten Kontakt mit Aerosolen (in der Luft gelöste feine flüssige oder feste Stoffe, beispielsweise Viren). Denn Aerosole können immer bis zu einem gewissen Grad die Gesichtsmasken-Umklammerung umgehen.

Schmierinfektionen kommen als Infektionsquelle nicht in Frage. Denn Sekrete trocknen schnell aus und enthalten bald keine vermehrungsfähige Virus-mRNA mehr. Grössere Tröpfchen wiederum bleiben gut in der Maske hängen.

Für den Hauptübertragungsweg Aerosole sprechen auch jüngste epidemiologische Studien. Die Universität Genf hatte an Hand einer repräsentativen Stichprobe von 4000 Personen errechnet, dass bereits jeder sechste Schweizer/Schweizerin Antikörper gegen SARS– CoV-2 besitzt. Im grenznahen Genf, mit seinen starken Menschenströmen über die französische Grenze das grosse Einfallstor für das Virus, waren sogar bereits 21 Prozent der Bevölkerung infiziert. Das deckt sich sehr gut mit Hochrechnungen, die in moneycab früher publiziert wurden (https://www.moneycab.com/dossiers/robert-jakobs-wirtschaftslupe-auf-der-suche-nach-der-dunkelziffer-zum-wohle-der-wirtschaft/). Die Ansteckungskraft des Virus (Kontagiosität) ist das eigentliche Problem. Und dann kommt es sehr darauf an, was das Virus im Körper alles so anrichtet…

Bei Corona denken die meisten an grippeähnliche Symptome. Das kann auch ganz anders kommen.

Oft läuft die Infektion in Wellen ab. So auch bei mir. Eine ganze Woche lang wollte ich nicht wahrhaben, was nicht wahr sein sollte. Nach positivem PCR-Test noch im alten vermaledeiten Jahr nachweislich an SARS-CoV-2 erkrankt, war mein Ziel, die auch bei mir aufgetretenen grippeähnlichen Symptome wie hohes Fieber, Müdigkeit und Appetitlosigkeit rund 14 Tage durchzustehen und gestärkt wieder aufzutauchen. Allein: Es blieb beim frommen Wunsch.

Ich gehörte zu jenen 5-8%, die intensivmedizinische Behandlung benötigten. Allein das Fieber stieg auf 39,9 Grad, und die Sauerstoffsättigung meines Blutes fiel unter die kritische Marke von 90%. Pulmonale Infiltrate lagen wie ein weisser Schleier auf dem oberen Rand meiner Lungenflügel. Es rasselte in der Lungenkiste und irgendwann war fertig, trotz Sauerstofftherapie. Ich musste für sechseinhalb Tage ins Koma versetzt, künstlich beatmet (intubiert) und künstlich ernährt werden.

Auch jüngere Semester kommen oft nicht aus dem Koma zurück

Intubierte haben ein Sterberisiko von fast 50 Prozent (in der Regel unvollständige Metaanalysen kommen auf Werte zwischen 40 bis 70%, die meisten pendeln um die 50%-Marke). Bei den über 80jährigen kommt nur rund jeder Vierte zurück. Männer müssen fast doppelt so häufig beatmet werden wie Frauen. Auch Träger der Blutgruppe A positiv haben schlechtere Corona-Karten. Wer in die Intensivstation muss, kann sich auch nicht mehr auf seine jugendliche Frische verlassen. Selbst in der Gruppe der 18- bis 59-Jährigen verstarben während der ersten Welle rund 28% der beatmeten Patienten.

Abbildung 1: Sterblichkeit von Covid-19-Patienten nach Beatmungsstatus, in Prozent

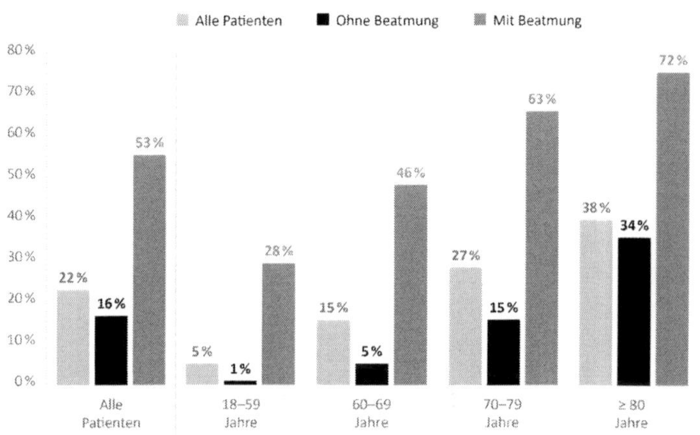

Quelle: Abgeschlossene Covid-19-Krankenhausfälle mit Aufnahme vom 26. Februar bis 19. April 2020 auf Basis der AOK-Abrechnungsdaten nach § 301 SGB V, Wissenschaftliches Institut der AOK (WIdO)

Natürlich ist vor allem der Gesundheitszustand vor der Beatmung entscheidend. Es besteht Hoffnung, dass die Gesamtsterblichkeit der künstlich beatmeten Coronapatienten langfristig von 50% Richtung 40% oder vielleicht noch etwas darunter sinkt. Bei anderen Viren ist die Sterberate der Notfallpatienten um ein Vielfaches geringer. Aber bei Covid 19 sind die Komplikationen zahlreich, bis hin zum Multiorganversagen.

Meinen Kindern habe ich von all dem nichts erzählt. Aber meine Frau Anne wusste, wo mein Testament lag. Die Todesfallstatistiken habe ich aber erst nach meiner Entlassung studiert. Das war sicher besser so.

Meine Tochter Alice wollte wegen mir ihren Au-pair-Aufenthalt in Spanien verschieben. Aber das war nicht in meinem Sinne. Das wusste meine Frau. Alice kam ans Krankenbett, um sich zu verabschieden. Ich war bereits nicht mehr richtig ansprechbar. Später, allein mit den Ärzten, soll ich gesagt haben: «Ich kann nicht mehr». Als ich mich einige Stunden vor meiner Intubation vom schnöden Tagesgeschehen dieser Welt abmeldete, rechnete ich eher mit einer Chance von eins zu zehn, bei Sankt Peter oder dem Burschen mit dem Dreizack vorzusprechen. Nie hätte ich gedacht, dass es wie bei einem Münzwurf um Kopf oder Zahl ging (s. Abb.).

ZURÜCK AUF LOS

Von der Zeit auf der Intensivstation vor der Intubation bis zum Ausleiten der künstlichen Beatmung erinnere mich an rein gar nichts mehr. Es verging eine traumlose Woche. Sie wird wohl auf ewig verschwunden sein.

Als ich schliesslich aus dem Koma erwachte, hatte ich 15 Kilo (oder mehr als 20% meines Körpergewichts) abgenommen. Alles in Form von Protein. Mit 70 kam ich ins Spital, mit 55 wachte ich auf. Die Muskeln waren weggeschmolzen. Meine Hände zitterten, und ich musste wie ein kleines Kind erst wieder Reden, Zeichnen und Schreiben lernen. Hier meine ersten Zeilen und Notizen von Hand für den Fünfzeiler: «Engel in Grün», den ich in meiner Kolumne Robert Jakobs Wirtschaftslupe (moneycab. com) aufschalten lies, um mich erst einmal bei meinen Lesern zurück zu melden:

Die Krankenpflegerinnen, die mich die letzten drei Tage auf der Intensivstation liebevoll betreuten, fanden ein Wesen vor, das eher einem Faultier als einem Menschen glich. Dorothea, meine Physiotherapeutin, zeigte mir, wie man in die Hände klatscht. Das sollte ich fünfmal machen. Für diese Übung brauchte ich weit über eine Minute. Danach zwei Stunden Pause. Und immer wieder dazwischen hustete ich eine braun-rote Sosse aus meinen gepiesackten Lungen aus, den die grünen Engel mit bewundernswerter Sorgfalt auffingen und entsorgten. Es war eine übel anzuschauende Mischung aus Blut und Bruchstücken des Coronavirus', deren sich der heile Teil meiner Lunge jetzt kraftvoll entledigte, ein hässliches aber doch zugleich gutes Zeichen. Hinzu kamen noch Staphylokokken, die es sich als opportunistische Keime während der Intubation in meinen Lungenflügeln bequem gemacht hatten.

Verrückt: mit jedem von mir herausgewürgten Auswurf freuten sich die Krankenpflegerinnen. Das Virus sollte vertrieben werden. «Jetzt noch ein letztes Mal»: Ich weiss nicht, ob es Anne oder Claudia war, die mir diese Anweisung voller Begeisterung gab. Ich sah ohnehin nur die wunderschönen strahlenden Augen hinter der Plexiglasscheibe ihrer Masken. Ihr Mund war ebenfalls von einer Schutzmaske verdeckt. Aber hinter dem Gesichtsschutz meiner Engel gaben mir die kastanienfarbige Iris von Anne und das Blaugrün der norwegischen Fjorde, die sich in Claudias Augen für mich widerspiegelten, weitere eindeutige Hinweise darauf, dass ich zwar in einer schwierigen Lage, aber sicherlich nicht in der Hölle war.

Alleine aufstehen konnte ich nicht, und ernährt wurde ich weiter über eine Magensonde. Drei Tage musste ich noch auf der Intensivstation verbringen, bis ich schliesslich verlegt wurde. Ruhe kehrte jedoch noch lange nicht ein. Mein neuer Zimmernachbar dekompensierte. Seine Sauerstoffsättigung ging in den freien Fall über. Ich alarmierte sofort die Krankenpfleger. Wenige Tage später war er tot. Ich selbst hatte nach einem Moment der geistigen Klarheit einen Tag später ein komplettes Delirium. Das gibt es häufig nach Operationen und vor allem bei und nach Covid-19-Erkrankungen. Im Anschluss an die künstliche Beatmung erleiden bis zu 70 Prozent aller Patienten ein oder mehrere unterschiedlich lange Delir-Phasen.

Ich beispielsweise war plötzlich überzeugt, dass die Infusionspumpe neben mir am Bett dazu missbraucht wurde, vier verschiedene leckere Speiseeis-Sorten, unter anderem Haselnuss, zu produzieren. Dies so langsam, dass das Rattern der Rollerpumpen meinen Schlaf die ganze Nacht hindurch beeinträchtigte. Als improvisierten Lärmschutz deckte ein Krankenpfleger die Apparatur mit einer Decke zu. Am frühen Morgen träumte ich, dass eine eigens installierte Seilbahnkonstruktion fertig gefüllte Eisbecher von der Maschine quer durch das Krankenzimmer transportierte, wo sie in einen schwarzen Plastikkoffer von genau 95 Litern Fassungsvermögen fielen. Der Inhalt sollte dann von einer mir bekannten Krankenschwester an internationalen Flughäfen als Zuger-Kantonsspital-Glace schwarz verkauft werden. Ich werde sie bestimmt nicht verraten. Soviel zu meinem Delirium. Es war nur eines von zweien kurz hintereinander. Dazwischen lag ein Tag, an dem ich wieder vollkommen bei Verstand war.

Insgesamt hatte ich mir durch die diversen Eingriffe in meinen Körperhaushalt schrittweise sieben verschiedene Keime eingefangen. Inklusive SARS – CoV-2 waren es acht. Des Nachts träumte ich von einer schlauchförmigen roten Masse, die eher Filoviren (den Überträgern von Ebola) als den Coronaviren ähnelte. Mehrmals mussten mir im Zuger Kantonsspital Blasenkatheter gesetzt werden. Mein Organismus war total durcheinander. Wenigstens kam es zu keinem weiteren Delirium mehr.

Meine Achterbahnfahrt ging nach knapp einem Monat mit meinem direkten Umzug vom Zuger Kantonsspital in die REHA weiter. Zu einem Besuch im eigenen Haus blieb keine Zeit, obwohl nur anderthalb Kilometer Luftlinie entfernt. Die Verpflegung in der Klinik Adelheit war eines Top-Restaurants würdig. Ich verschlang alles. Vor allem Proteine in Form von Steaks und Powerdrinks und zur geistigen Erbauung die gesammelten Werke von Arthur Schnitzler (1862-1931) in einer zweibändigen Dünndruckausgabe. Das machte 2000 Seiten. Ich hatte ja viel Zeit, trotz Muskelaufbau- und Gleichgewichtstraining.

Schnitzler war ein Wiener Arzt und Schriftsteller. Viele seiner Figuren erleben wirre und sowohl seelisch als auch körperlich schmerzhafte Geschichten. Oft sterben seine Haupt- und Nebendarsteller. Ich traf es trotz anderthalb Monaten Klinikaufenthalt besser, denn ich hatte mehr als einen Schutzengel.